KB122458

교도소에 들어가는 중입니다

| 일러두기 |

본문에 언급한 일화는 저자의 실제 경험을 바탕으로 하고 있으나 관련 당사자의 개인 정보 보호를 위해 일부 각색된 내용임을 밝힙니다.

교도소에 들어가는 중입니다

김도영 지음

봄름

개방 :
교도소 문을 열겠습니다

살아 있는 동안 제가 교도소에 들어오게 될 줄은 꿈에도 몰랐습니다. 처음 교도소에 가기 위해 집 현관을 나서던 날, 아빠와 떨어지지 않으려는 아이가 제 다리를 붙잡고 늘어진 채 어리광을 피웠습니다. “아빠, 가지 마!” 옆에서 있던 아내는 부디 몸 성히 돌아오라며 조용히 두 손을 모았습니다.

교도소로 가는 길은 이제 익숙해졌지만, 그 길 위에서 드는 긴장감은 좀처럼 적응되지 않습니다. 저의 무사 귀가를 바라는 가족들과 인사를 나누고 애꿎은 휴대폰만 만지작거리며 엘리베이터 버튼을 누릅니다. 그리고 언제나 그랬듯 차에 시동을 걸고 나서 아내에게 메시지를 남깁니다.

나 나올 때까지 밥 잘 챙겨 먹고, 내 걱정은 하지 말고.

저의 출근길은 대부분 이렇게 시작합니다. 저는 대한민국에서 월급 받는 평범한 직장인입니다. 하지만 저의 직장은 항공지도에 표시되지 않고, 내비게이션에도 검색되지 않습니다. 카메라와 녹음기, 휴대폰 등을 소지하고 들어갈 수도 없는 곳입니다.

처음 이곳에 들어왔을 때, 난생처음 보는 광경들에 눈을 떼지 못했습니다. 입구에 들어서자 여느 건물에서는 볼 수 없는 커다란 벽과 높은 철문이 저를 내려다보고 있었습니다. 철문이 열리고 발걸음을 안으로 옮기자 삽시간에 달라진 공기 흐름에 문득 뒤를 돌아보게 됐습니다. 그때 거대한 철문 옆에 푸른 제복을 입고 서 있는 한 남자가 저에게 다가왔습니다. "잠깐 정지하세요. 무슨 일로 오셨습니까?" "아… 저 여기로 여덟 시까지 오라고 해서요." 그는 저의 신분증을 확인한 후 내부로 안내했습니다.

문을 열고 들어오니 이곳에 사람이 살고 있다는 걸 냄새로 알 수 있었습니다. 밥과 국, 각종 반찬 냄새가 뒤섞여 코에 들어왔습니다. 사람들은 분주하게 취사 준비 중이었고, 익숙한 손놀림으로 서로 호흡을 맞추고 있었습니다. 하지만 따뜻한 밥 냄새와 달리 이곳의 분위기는 차가웠습니다.

"정숙!" 푸른 제복을 입은 남자의 한마디에 고성을 지르던 사람들이 일동 침묵하고, 오와 열을 맞춰 어디론가 이동했습니다. 그들은 이런 생활에 익숙해 보였습니다.

드디어 제 근무지에 들어왔습니다. 낯선 사람의 등장에 수용자들은 하던 것을 멈추고 저를 보러 수용실 창문에 얼굴을 가져다 댔습니다. 턱까지 올라온 용의 머리가 눈에 들어왔습니다. 그렇게 100명이 넘는 사람들의 시선 한가운데, 저는 홀로 그들과 처음 마주했습니다. 1대 100의 시선을 받아내기는 쉽지 않았습니다. "나이가 어떻게 되세요?" 한 남성이 제 나이를 물었습니다. 그의 용모는 특별하지 않았습니다. 길거리에서 마주칠 법한 흔한 얼굴 중 하나였습니다. 하지만 그가 마약 투약과 성폭력을 저지른 사람이란 걸 알게 된 순간 이곳이 교도소라는 사실이 실감 났습니다.

저는 매일 교도소로 출근합니다. 출근길에 포털사이트에서 강력범죄 사건 소식을 접할 때면 억장이 무너집니다. 가끔은 인간이길 거부한 자들의 행위에 분노의 댓글을 남기기도 합니다. 그런데 말입니다. 언론에 보도됐던 그 사람이 어느 날 제 눈앞에 나타났습니다. 그리고 한 걸음 한 걸음 저에게 다가와 말을 겁니다. 조금 전까지 그들의 행위를 기사로 접하며 분노했던 저에게.

> 자기의 죄를 숨기는 자는 형통치 못하나,
> 죄를 자복하고 버리는 자는 불쌍히 여김을 받으리라.
>
> – **잠언 28:13**

고백합니다. '죄를 미워하되 사람은 미워하지 말라'는 말. 솔직히 저는 잘 지켜지지 않습니다. 하지만 저의 직업은 수용자들과 소통하여 인간적인 감정을 이끌어내 그들을 사회로 되돌려 보내는 일입니다. 그러려면 그들과 공감과 경청을 수반한 유대 관계를 형성해야 합니다. 하지만 범죄 피해자들을 생각하면 공감과 경청이 말처럼 쉽게 되지 않습니다. 그래서 이 책은 교도관으로서 적어 내려간 직장 생활 생존기에 가깝습니다.

제가 있는 이곳은 그들이 사회 공동체의 일원으로서 재생되어 다시 사회로 돌아가는 길목에 있습니다. 물론 그들이 평생 사회로 돌아가지 않는다면 이야기가 달라지겠지만, 그들은 결국 우리 곁으로 돌아옵니다. 여러분이라면 그들과 맞닥뜨렸을 때 어떻게 하시겠습니까. 저는 지금부터 그동안 누구에게도 하지 못했던 이 안에서의 이야기를 조심스럽게 시작하려 합니다. 담장 안과 밖의 경계선에서 저는 어떻게 살아가고 있을까요.

그럼 저와 함께 교도소에 들어가보시겠습니까?

차 례

프롤로그 개방 : 교도소 문을 열겠습니다 · 004

1장

세상 끝의 집

교도소에 들어가는 중입니다 · 014
3실 노인의 사정 · 022
스토커의 독서 목록 · 028
피 같은 세금으로 · 035
다 듣고 있습니다 · 042
치약 뚜껑을 삼키는 이유 · 050
강간범과 음압격리실 · 057
입고 있는 옷 전부 벗으세요 · 065
신세 지고 갑니다 · 070
휴대폰 반입 금지 · 075

2장

세상 끝의 사람

너는 내가 반드시 죽인다 · 088
방청석의 아이들 · 093
옥바라지 · 100
외상 후 스트레스 장애 · 108
출소자의 방문 · 114
태양을 피하고 싶어서 · 123
인권침해자의 인권 보호 · 131
신에게 용서할 권리는 없다 · 140
이웃 사람 · 145
수영하면서 담배 피우기 · 151

3장

사람 사는 집

어느 교도관의 기도 · 160
회색 교도소 · 167
남겨진 아이들 · 173
우리 다시 만나지 말아요 · 180
기러기 아빠 · 186
일상 속 공포 · 193
저희도 지켜주세요 · 200
실수령액 280만 원 · 209
보고 싶은 친구에게 · 214
자유에 대한 갈망, 그런 거 · 222

에필로그 폐방 : 교도소 문을 닫겠습니다 · 231

1장

세상 끝의 집

교도소에 들어가는 중입니다

상황이 안 좋았다.

피비린내가 코끝을 스치고 뚝 하고 어딘가 부러지는 둔탁한 소리가 여러 번 들렸다. 도깨비인지 호랑이인지 모를 그림이 그려진 육중한 팔이 위로 확 올라갔다가 강하게 내리꽂혔다. 그의 광기에 모두가 뭔가 크게 잘못되고 있음을 느꼈다.

불과 세 시간 전. 나는 사랑하는 아내가 만들어준 맛있는 고등어김치조림과 된장찌개를 음미하며 결혼하기를 참 잘했다고 생각하고 있었다. 일곱 살 차이가 나는 우리는 사회복지센터에서 봉사활동을 하다 만났다. 당시 노란 고무줄로 뒷머리를 묶은 아내의 수수한 모습에 한눈에 반했었다. 우리는 7개월간의 짧은 연애 끝에 종로의 어느 레스토랑에서 평생을 약속했다.

"아빠! 오늘 출근해?" 아이가 야무지게 고등어 뼈를 젓가락으로 쏙쏙 발라내며 물었다. 기특한 녀석. 나는 사랑을 듬뿍 담아서 고등어 살 한 점을 아이의 숟가락에 올려줬다. 아이는 우리의 걱정과 달리 가리는 음식 없이 뭐든 잘 먹었고, 이제 막 들어간 학원에서도 친구들과 잘 적응해나갔다. 아이가 처음 태어나서 두 돌이 될 때까지 저녁부터 다음 날 아침까지 깨지 않고 쭉 자는 이른바 '풀잠'을 자지 못해서 어린이한의원도 가보고, 대학병원에서 상담도 받아봤었다. 그래서 지금 이렇게 잘 먹고 잘 자고 잘 크는 모습에 한없이 감사할 따름이다. "그럼~ 아빠가 출근해야 우리 애기 갖고 싶은 포크레인 장난감 사줄 수 있지." 며칠 전에 키즈카페에서 했던 포크레인 장난감으로 편백 조각을 옮겨 담는 놀이가 재밌었는지 포크레인 장난감을 갖고 싶다고 성화였다.

"여보, 오늘 첫 출근인데 긴장하지 말고 잘 다녀와."

아내는 밝은 얼굴로 현관 앞까지 나의 첫 출근길을 배웅해줬다. '그래. 별 탈 없이….'

"팔 잡아!" 나는 그 도깨비인지 호랑이인지 모를 그림이 그려진 팔을 있는 힘껏 붙잡고 늘어졌다. 이 사람은 자신의 허벅지를 젓가락으로 사정없이 내려찍고 있었다. 자해였다. 어찌나 힘이 세던지, 나는 아빠 팔에 매달린 아이처럼 대롱거리다가 한쪽 구석으로 내팽개쳐졌다. "기동타격팀* 호출해!" 옆에 있던 선배는 나에게 소리치며 그의 허리춤을 감싸 안았다. 난 이번에 그의 다리 한쪽을 잡고 다시 한번 대롱대롱했다. 오늘 아침 아내가 불룩 나온 나의 배를 보며 운동 좀 해야 하지 않겠냐고 했는데, 그 말이 절실히 와닿는 순간이었다.

이 난리 통에 문득 현관문을 나서며 아내와 인사 나눈 장면이 떠올랐다. 이상했다. 불과 몇 시간 전만 해도 고

---

* 비상사태에 재빨리 출동하여 적에 대응할 수 있도록 특수 훈련을 받고 특별한 장비를 갖춘 팀. 교정 시설 내에서는 CRPT(Correctional Rapid Patrol Team)로 불린다.

등어김치조림을 먹으면서 아이와 장난감 이야기도 하고, 아주 평범하고 단란한 시간을 보냈는데, 지금은 피가 뚝뚝 흐르는 다리 한쪽을 붙잡고 교도소의 회색 콘크리트 바닥을 구르고 있는 처지라니. 그것도 이 좁은 독방에서.

삐익-! 호출을 들은 기동타격팀이 출동해 문신남을 곧바로 제압했다. 나는 조사실로 연행되는 그의 뒷모습을 멍하니 바라보다 그가 내 시야에서 사라지고 나서야 흐트러진 근무복을 추슬렀다. 독방 구석에는 언제 벗겨졌는지도 모를 내 근무화 한 쪽이 나뒹굴고 있었다. 숨이 가빴다.

첫 출근은 분위기 탐색전이라 생각했는데, 그 생각은 보기 좋게 산산이 조각났고 그 조각이 바닥에 떨어지기도 전에 선배 입에서 나온 말은 내 머리카락을 쭈뼛 서게 했다. "아까 우리가 매달렸던 그 사람 있잖아. 5년 전에 사람 세 명을 죽이고 토막 낸 살인자래…."

손바닥을 펴서 한참을 바라보았다. 조금 전 그의 손과 다리를 잡았을 때 느낀 그의 체모, 끈적거리는 피부, 근육의 움직임이 아직도 생생하게 내 손끝에 남아 있었다. 내가 잡았던 그 손으로 사람을 죽이고 토막 냈다니. 나는 곧장 화장실로 뛰어가 손을 박박 닦았다. 세수까지 하고 거울을 바라보는데 실핏줄이 터졌는지 오른쪽 눈이 빨갛게 물들어 있었다. 아까 그와 실랑이를 벌일 때 맞은 건지, 스트레스와 긴장감이 터져버린 건지 기억나지 않았다. 바득바득 아무리 손을 씻어도 그의 피부가 내 손끝에 닿았을 때의 그 촉감은 잊히지 않았다.

다시 현장으로 돌아와 보니 그의 허벅다리에서 뿜어져 나온 피가 아직 바닥에 흥건히 흩뿌려져 있었다. 나는 창고에서 마대 걸레를 들고나와 바닥을 닦기 시작했다. 피는 금방 지워졌지만, 그날의 소동을 기억하는 비린내는 좀처럼 사라지지 않았다.

"오늘 하루 어땠어?" 선배는 충혈된 내 오른쪽 눈을 보더니 볼펜과 노트를 펼쳤다. "이런 일이 자주 일어나나요?" 아직도 떨리는 손을 부여잡으며 선배의 옆자리에 앉았다. 선배는 대답 없이 노트에 무언가를 써 내려갔다. "이건 내가 처음 발령 났을 때 내 사수에게 전달받은 내용이야. 실질적인 노하우랄까?" 교도관으로 임용되기 전 몇 번의 취업과 퇴사를 반복하며 그때마다 선배들이 들려주는 영업 팁이나 마케팅 노하우를 받아 적은 적이 있었다. 하지만 선배가 노트에 적어준 내용은 지금껏 한 번도 듣지도 보지도 못한 것들이었다.

1. 살인자를 제압하는 방법
2. 강간범과 대화할 때 필요한 것
3. 조폭과 마약사범에게 지시할 때 참고 사항

그 외에 목을 맨 사람을 발견했을 때, 손톱깎이를 먹었을 때 등 살면서 처음 접해보는 이해 못 할 행동들에 대한 대처 방법과 행동 요령이 적혀 있었다. "손톱깎이를 어떻게 먹어요?" "손톱깎이뿐만이 아니야. 건전지, 치약 뚜껑, 숟가락, 젓가락… 그냥 눈에 보이는 건 다 먹을 수 있다고 생각하면 돼." 선배의 말은 실로 충격적이었다. 그리고 이어지는 말도 결코 가볍지 않았다. "여길 '세상 끝'이라고 말하는 사람들도 있어. 너도 앞으로 인간의 가장 추악한 밑바닥을 들여다보게 될 거야. 그래도 계속 이 일 할 수 있겠어?" 인간의 심연에 대한 심오한

이야기가 오가는 와중에 갑자기 아이에게 사주기로 약속한 포크레인 장난감이 생각났다. “그럼요. 포크레인 장난감… 아니, 그들의 교화와 건전한 사회 복귀를 위해서 열과 성의를 다하겠습니다!” 내 얘기를 들은 선배가 박장대소를 터트렸다. “그래! 바로 그 자세야. 가족을 향한 가장의 본분. 앞으로 한번 지켜보겠어. 소주는 좀 마시나?”

퇴근하고 선배와 각 두 병씩 마시고 집으로 들어갔다. 술자리에서 오고 갔던 살벌한 대화들 덕에 주변 테이블에 앉은 사람들의 시선이 우리 쪽으로 쏠리는 것을 느낄 수 있었다. 하긴… 살인이니 강간이니 떠들어대니 그럴 만도 했다.

“여보. 오늘 어땠어? 별일은 없었지?” 아내가 걱정할 만한 이야기들은 하지 않았다. 교도소에서 있었던 일들은 집까지 들고 오지 않으리라 다짐했다.

다음 날 아침. 출근을 하기 위해 버스에 올라 창밖을 바라봤다. 띠링.

출근하고 있어? 지금 어디야?

어제 같이 술자리를 가졌던 선배의 문자였다. 나는 휴대폰 액정에 두 엄지손가락을 살포시 얹었다.

지금 교도소에 들어가는 중입니다.

3실* 노인의 사정

교도소에 밤이 찾아왔다.

아홉 시 취침 방송이 음질이 좋지 않은 스피커를 통해 흘러나왔고 온종일 시끄러웠던 교도소에 침묵이 내려앉았다. 이곳은 주민센터나 다른 행정기관과는 달리 close가 없는 공간. 24시간 무한 인력을 투입해야 하는 특수 시설이다. 눈앞의 사물을 분별할 수 있을 정도로만 조명등을 약하게 켜둔 이 시간, 유일하게 복도를 걸

* 수용실의 호수를 나타내는 표현.

어 다닐 수 있는 내 발소리가 수용동 가득 울렸다. 또각또각. 쓱- 바퀴벌레 한 마리가 구두 옆을 지나간다. 폐쇄 건물에서 흉가 체험을 하는 사람들이 이런 심정일까. 심야의 교도소 복도는 소름 돋을 정도로 조용하고 기묘한 분위기를 연출한다.

얼마 전 부서 회식 자리(코로나19 바이러스가 발발하기 전 일화입니다)에서 무서운 이야기를 들은 뒤로는 새벽 순찰을 할 때마다 나도 모르게 뒤를 한 번씩 돌아보는 습관이 생겼다. 내 담당 구역의 세탁실 구석에서 새벽만 되면 누군가가 중얼거리는 소리가 들린다나 뭐라나.

"하나, 둘, 셋, 넷, 다섯…." 굳게 닫힌 철창살 안에 누워서 자는 사람들의 머릿수를 세면서 현황판에 쓰인 인원과 맞는지 체크하고 있었다. 여러 명이 이불을 뒤집어쓰고 뒤섞여 자다 보니 인원 파악이 쉽지 않았다. "아홉, 열… 이상하네." 나는 다시 세기 시작했다. 인원이 맞지 않았다. 분명 현황판에는 '3실 11명'이라고 적혀 있는데… 나는 다시 한번 현황판을 뚫어지게 쳐다봤다.

"교도관님." 내 귀 바로 옆에서 들리는 소리에 순간 콩팥이 쪼그라들면서 발목부터 정수리까지 소름이 쫙 돋았다. "어, 뭐, 뭐야. 누구야!" 나도 모르게 소리를 질렀다. "교도관님… 드릴 말씀이 있어서요." 등잔 밑이 어둡다고 누군가가 창문 옆 벽에 바짝 붙어 서 있었다. 모두가 누워 있는 시간이라 사람이 벽에 붙어 서 있을 줄은 생각도 못 했다. 내가 생각해도 내가 너무 소스라치게 놀란 것 같아 민망했는데, 그 민망함은 곧 분노로 바뀌었다. "지금 이 시각에 취침 안 하고 서서 뭐 하는 겁니까? 당장 누워서 취침하세요!" "그게… 아니고요… 교도관님… 드릴 말씀이 있어서요." 갈라지는 작은 목소리로 무언가 호소하듯 대답한 그는 한 걸음 한 걸음 내 앞쪽으로 걸어왔다. 60대 중반으로 보이는 삐쩍 마른 노인의 얼굴이 쓱- 조명 아래로 들어왔다.

그런데 눈이 이상했다. 검은자, 흰자로 구분된 눈이 아닌 진득한 피가 가득 찬 새빨간 눈으로 나를 쳐다보고 있었다. 오른쪽 눈가가 심하게 부어 있고 실핏줄이 다 터져서 눈동자가 안 보일 정도로 상태가 심각했다. "눈이 왜 이래요? 누구한테 맞은 겁니까?" 이 방에서 폭행이 일어났음을 직감했다. "아니요. 교도관님. 그냥 저 내일 아침 약 좀 지금 미리 복용해도 될까요? 속이 쓰려서요."

"아니긴 뭐가 아니에요. 저랑 당장 의료과에 가봅시다."

철컹. 새벽에 좀처럼 열리지 않는 문이 열렸다. 새벽에 폐쇄된 문을 다시 개방하는 일은 촌각을 다투는 응급 상황이 아니면 거의 없었지만, 연약한 노인이 폭행을 당하고도 말을 못 하고 있었다는 생각에 화도 나고 안타까운 마음이 들어서 이 상황을 응급으로 받아들였다. 나는 그 노인과 함께 의료과에 가서 소독 처치를 받고 약을 챙겨왔다.

"솔직히 얘기해보세요. 누가 당신을 폭행했습니까?" 돌아오는 길에 재차 그 노인에게 물어보았다. "숨긴다고 해서 좋을 게 없어요. 저한테 말하면 제가 폭행한 그 사람과 마주치지 않게 따로 격리시킬게요." 그래도 이 노인은 두려움에 사로잡힌 듯 쉽사리 입을 열지 않았다. "저… 사실…." "네. 걱정하지 말고 저한테 얘기해보세요." "저희 방에 조폭이 하나 있는데… 제가 늙어서 냄새난다며 화장실 앞에서 자라더라고요." 그 노인은 그동안 얼마나 괴롭힘을 당했는지 말을 하는 도중에도 자꾸 주변을 두리번거렸다. "아. 그 세 달 전에 들어온 조직폭력범이요?" "네. 근데 어제는 제가 깜빡하고 창문

앞에서 잠들어버리는 바람에… 제 얼굴을 밟았어요. 그 놈이." "자고 있는 사람 얼굴을 서서 발로 밟았다고요?" 어처구니가 없었다. 그냥 넘어갈 수 있는 일이 아니었다. 심지어 그 조직폭력범은 20대 초반으로 이 노인과는 40살이나 차이 나는 새파랗게 젊은 사람이다. 이 방에는 장유유서가 존재하지 않았다.

다음 날 아침, 나는 곧바로 그 가해자를 면담했고 피해자 진술서와 같은 방 목격자 진술서를 첨부해서 조사실로 그를 인계했다. 얼마 지나지 않아 그 가해자는 징벌방으로 옮겨졌다. 어떻게 자기랑 40살이나 차이 나는 큰아버지뻘 노인을 저렇게 무참히 폭행할 수 있는지. 담당실로 돌아온 나는 근무보고서를 쓰기 위해서 그 노인의 인적 사항과 사건 개요를 열었다.

사건 개요 : 20××년 ×월 ×일 64살 피고인 ○○○은 놀이터에서 놀고 있는 당시 유치원생 ○○○양을 칼로 위협해 자신이 거주하고 있는 원룸으로 데리고 가….

더 이상 읽고 싶지도 않은 말도 안 되는 내용들이 적

혀 있었다. 그 노인은 전과 6범이었다. 순간 내 안에 품고 살아가던 어떤 가치관 하나가 툭 하고 떨어지는 느낌이 들었다. '내가 지금 무슨 짓을 한 거지…? 아니야. 난 내 일을 했을 뿐이야….'

하루하루 시간이 지날수록 노인의 표정은 밝아졌다. 곧 나갈 수 있을 것 같다고, 몸을 그 전에 건강하게 만들어야 한다며 매일매일 운동장을 뛰고 팔굽혀펴기를 해댔다. "아이고, 교도관님~ 고맙습니다. 덕분에 요즘 살맛 납니다!" 더 이상 듣고 싶지 않았다. 나는 그 노인을 위아래로 한 번 흘깃 보고 생활 똑바로 하라는 말만 던지고 내 책상으로 돌아왔다.

피해당한 가해자. 가해당한 피해자. 조직폭력범에게 피해 입은 노인은 어린 아동을 상대로 가해를 벌였었다. 가해와 피해가 뒤섞인 이 공간. 피해 아동이 이 사실을 알게 된다면, 그 조직폭력범과 교도관인 내 행동 중 어떤 편에 손을 들어줄까. 무엇이 정의 실현일까. 그날 밤, 잠이 오지 않았다. 내 행동을 후회했을까? 솔직히 나도 잘 모르겠다. 다만 이곳은 내 평생의 가치관들이 재정립되는 공간이라는 것에는 여부가 없다.

스토커의 독서 목록

스토킹 범죄의 처벌 등에 관한 법률 제2조(정의)

"스토킹 행위"란 상대방의 의사에 반反하여 정당한 이유 없이 상대방 또는 그의 동거인, 가족에 대하여 다음… 어느 하나에 해당하는 행위를 하여 상대방에게 불안감 또는 공포심을 일으키는 것을 말한다.

끼이익- 끼익. 10미터는 족히 되어 보이는 거대한 철문 두 개가 요란한 소리를 내며 움직였다. 철문은 수십 년의 세월을 겪어낸 거목처럼 여기저기에 상처가 있고, 페인트를 몇 번이나 덧칠했는지 설명하기 어려운 노리

끼리한 색을 몸에 두르고 있다. 하루에도 수없이 열리는 어느 출입문과는 달리 이 문은 한 번 닫히면 쉽사리 열리지 않는다. 그 의지를 보여주듯 문은 손바닥만 한 자물쇠로 잠겨 있다. 자물쇠도 오로지 '이곳'이 아니면 어디에서도 볼 수 없는 형체다. 그리고 이 거대한 철문의 꼭대기에는 이런 문구가 적혀 있다.

사랑으로 품어 바르게 보내겠습니다.

철문이 열린 자리에 파란 호송 버스가 한 대 들어왔다. 이 파란 버스에는 창문은 있으나 그 창문을 열 수 있는 손잡이가 없고, 보통의 버스들과는 달리 요금 통이 있어야 할 자리에 회색 쇠창살이 설치되어 있다. 이 특별한 버스는 잠깐의 정적을 깨고 삼삼오오 포승줄로 묶인 사람들을 토해냈다.

"○○아! 또 들어왔냐!? 착하게 좀 살아라!", "어이! 나 기억해? ○○교도소 5실에 같이 있었던!" 공터 한편에서 쓰레기 분리수거 작업을 하고 있던 작업반 수용자들이 호송 버스에서 아는 얼굴이 내리자 아는 척을 하려 휘파람을 불며 소란을 피웠다. "자, 조용히 하세요. 모두 작업 실시합시다." 교도관의 지시에도 그들은 쉽사리 조용해지지 않았다. 지금도 잘 이해 가지 않지만 기존 수용자들은 자신이 아는 신입 수용자들에게 어떻게든 자신의 존재를 필사적으로 알리려고 한다. 마치 일생일대의 과업인 것처럼.

그런데 교도관들의 지시에도 진정하지 않던 그들이 짜기라도 한 듯 갑자기 입을 다무는 상황이 벌어졌다. 호송 버스에서 내리는 누군가의 모습에 순간 얼어붙은 것이다. 그가 내딛는 걸음걸음을 따라 주변 수용자들의 눈동자가 움직였다. 조금 전 눈빛에 서렸던 반가움은 온데간데없고 어떤 위험을 감지한 생명체의 본능이 적대감을 내뿜고 있었다. 호송 버스에서 마지막으로 내린 그 '누군가'는 키 190에 몸무게 100킬로그램이 넘는 거한이었다. 사람들 사이를 걸어가는 것만으로 위협적이었다.

그 거한은 일면식도 없는 한 여성의 SNS를 뒤져보면서 스토킹하기 시작했고 결국 끔찍한 성폭력을 저지른 자였다. 그가 법정구속 되던 날은 평소보다 두세 명의 직원들이 보강됐다. 그의 손목은 어찌나 두껍던지, 강인

한 철의 형상으로만 느껴지던 수갑이 안쓰러워 보일 정도로 겨우 그의 손목을 감싸고 있었다. 호송 버스에서 내린 그는 주변을 한 번 쓱 돌아보더니 자신의 존재감을 알리듯 고개를 빳빳이 세우고 흉내 내기도 어려운 팔자걸음으로 교도소 안으로 들어갔다. 그리고 그날부터 나의 고통도 시작되었다.

처음 그가 생활하는 방의 문을 발로 차고 난동을 부릴 때는 가스총부터 떠올랐다. 그만큼 그의 난동질은 단순한 명령이나 지시, 설득, 회유로는 멈출 기미가 보이지 않았다. 그렇다고 문을 열고 안으로 들어가 그를 제압하기에는 차마 엄두가 나지 않았다. 만약 내가 가진 무기를 사용하게 되면 나의 고통은 두 배, 세 배, 아니 수십 배가 될 테니 그저 머릿속으로만 생각할 수밖에 없었다.

하지만 진짜 고통은 따로 있었다. 어디선가 시시덕거리는 소리에 방 안을 들여다보면, 그가 팔자 좋게 바닥에 누워서 속옷만 입은 여성 사진이 가득한 잡지를 보며 시간을 보내고 있었다. 게다가 미성년자들의 성행위가 묘사된 일본 만화책을 보는 모습은 정말 가관이었다. 이런 광경을 매일매일 봐야 하는 것이 너무 고통스러웠다.

"일어나 앉으세요. 일과 시간에 누워 있으면 어떡합니까!" 그가 들고 있던 만화책을 바닥에 내려놓으며 그 육중한 몸을 일으켰다. "아이씨. 깜짝이야. 왜 언성을 높이고 그러세요. 아침부터 사람 짜증 나게." 그는 귀찮다는 듯 나를 위아래로 한 번 훑더니 다시 킥킥대며 만화책을 읽기 시작했다. 성인 잡지나 간행물, 만화책을 수용자들이 구매해서 보고 있다는 것은 알고 있었지만, 그는 성폭력을 저지르고 구속된 수용자였다. 그의 손에 들린 만화책을 당장이라도 그 방에서 빼 오고 싶었다. 하지만 그럴 수가 없었다. 그가 보고 있는 책들은 모두 간행물윤리위원회에서 성인 구독 가능 잡지로 분류했기 때문이다.

몇 년 전 한 수용자가 교도소장을 대상으로 소송을 건 적이 있다. 그 수용자는 자신이 교부 신청한 잡지가 교정·교화에 적합하지 않은 음란한 내용을 다수 포함하고 있다는 이유로 교도소장이 교부 신청을 불허하자 소송을 걸었다. 소송은 항소심까지 이어졌고, 결국 고등법원은 재판 끝에 그 수용자의 손을 들어줬다. 간행물윤리위원회에서 지정한 유해 간행물에 해당하지 않는데도 수용자의 기본권을 제한한 것은 재량권*을 남용한 위법한 처분에 해당한다는 이유에서였다. 그 결과는 나 같은 현장 근무자들에게 심적 고통으로 고스란히 돌아왔다.

"일과 시간에 누워 있으면 규칙에 의해 징벌수용 될 수 있습니다." 누워 있는 것은 제재해도 되지만 나체 사진들을 보고 있는 것은 막을 수 없었다. 성폭력을 저지르고 구속된 수용자임에도 성행위가 묘사된 그림들을 보는 것에 제재했다가는 기본권 침해로 소송을 당할 수 있다. 그렇게 그와의 대화는 끝이 났다. 이후 두 달, 석 달… 한동안 그는 어째서인지 '그런' 책을 더 이상 보지 않았고, 난동을 피우지도 않았다. 아니, 그런 줄 알았다.

어느 날, 수용실을 검사하러 불시에 그의 방을 들어갔다가 그만 구역질이 올라왔다. 방 벽지엔 반나체의 여자 사진들이 덕지덕지 붙어 있었다. 딱풀로 붙였는지 잘 벗겨지지도 않는 그것을 긁어내는데 속이 끓었다.

---

* 자유재량으로 처분할 수 있는 권한.

피해자가 이 사실을 알까? 자신에게 씻을 수 없는 상처를 남긴 사람이 교도소 안에서도 법을 이용해 아직도 자신의 욕구를 충족 중이라면… 나 같아도 미치고 팔짝 뛸 노릇이다.

법의 테두리 안에서 가해자는 웃고 있다. 지금 벌을 받고 있는 사람은 누구일까.

피 같은 세금으로

숨을 쉬지 않았다.

낯빛은 탁한 푸른색이었고 눈은 반쯤 떠진 상태였다. 보급 받은 수건을 얇게 찢어 화장실 손잡이에 묶고 목을 맨 모양이다. 태어나서 처음으로 목을 맨 사람을 눈앞에서 목격한 나는 그저 이 상황이 영화 속 한 장면 같았다. "빨리 응급차 불러!" 비상벨을 듣고 달려온 같은 근무 조 선배가 나를 향해 소리쳤다. "이 사람… 숨도 안 쉬고, 죽은 거 같은데 빨리 가족에게 알려야 하지 않을까요?" "네가 의사야? 네가 뭔데 사망 선고를 내려! 당장 응급차 불러!" 우리는 그를 등에 업어 메고 내달렸다. 등을 통해 전해지는 그의 몸은 차갑고 왜소했지만 100킬로그램은 족히 넘는 것처럼 무겁게 느껴져서 한 걸음 한 걸음 떼기가 힘들었다. 다행히 상시 대기 중인 응급차를 곧장 탈 수 있었다.

"하나, 둘, 셋, 넷…." 선배는 그의 배 위로 올라타더니 양손을 명치에 대고 심폐소생술을 시작했다. 옆에 있던 나는 급한 대로 그의 팔과 다리를 주물렀다. 응급차는 신호를 받지 않은 채 질주했고 브레이크 없는 커브 주행에 속이 울렁거렸다. "교대!" 힘이 빠진 선배 대신 내가 계속 심폐소생술을 이어갔다.

병원에 도착하자 의사 한 명과 간호사 세 명이 급하게 뛰어와 그를 인계해 갔다. 의료진은 그야말로 대단했다. 땀이 비 오듯 쏟아지는 상황 속에서도 악을 지르며, 있는 힘껏 심폐소생술을 이어가는 의료진의 모습은 경이롭기까지 했다. "10분만 더 해보고 진전이 없으면 사망 선고를 내려야 할 것 같습니다." 교대를 받은 남자 간호사가 땀이 범벅된 모습으로 헉헉대며 우리에게 다가와 말했다. 사망 선고라…. 한 시간 전에 나는 단순히 그가 숨을 쉬지 않는다는 이유 하나만으로 그가 죽었다고 판단했는데, 매일 생명을 다루는 의료진은 확실히 달랐다. 살릴 수 있다는 끈을 끝까지 놓지 않는 모습을 보여줬다.

그때였다. 삐익- 삐익- 삐익. 심폐소생술을 시작한 지 한 시간이 꽉 채워질 때 즈음 그의 심장이 약하지만 다시 뛰기 시작했다. 정말 다행이었다. 교도관과 의료진은 이 사람을 살리기 위해 정말 최선을 다했다.

안도감과 뿌듯함을 느낀 것도 잠시, 웬 남자가 씩씩대면서 응급실로 들어왔다. "교도관 어디 있어!" 그 옆에는 겁에 질린 듯한 표정의 여자가 서 있었다. "사람이 이 지경이 되도록 도대체 뭐 했어? 내 피 같은 세금으로 먹고 살면 그만큼 잘하란 말이야!" 자살 기도를 한 수용자의 친한 동생이라고 자신을 소개한 그는 다짜고짜 우리를 비난했다. "소란 피우지 말고 뒤로 물러나세요. 공무집행 방해로 불이익받을 수 있습니다." 선배는 차분하지만 단호한 말투로 그를 응대했다. "사람이 숨을 쉬지 않으면 3분 내로 사망에 이른다는데 어떻게 저희가 막습니까? 한 번 보고 돌아서면 죽을 수도 있는 게 사람입니다. 작정하고 죽으려는 사람을 어떻게 막아요?" 선배와 달리 나는 감정적으로 말이 나왔다. 온 힘을 다해서 살려놨더니 자기 세금으로 나를 먹여 살린다느니 어쩐다느니 얘기하는 것에 화부터 났다. "자, 두 분 다 진정하시고 앞으로 경과를 지켜보도록 합시다." 결국 옆에 있던 의사가 중재에 나섰다. 그때 시곗바늘은 벌써 새벽 네 시를 가리키고 있었다.

그날 병원 대기실에서 밤을 꼴딱 새운 우리는 교대 근무자가 오고 나서야 이곳에서 벗어날 수 있었다. 정말 길고 긴박했던 하루의 끝이 보이고 있었다.

"저기요… 교도관님…." 병원을 나서려는 나에게 그 남자와 같이 왔던 여자가 말을 걸어왔다. 또 무슨 트집을 잡으려고 그러나 하는 표정으로 그녀를 쳐다봤다. "그냥 죽게 놔두시지…." "네?" "아니에요. 못 들은 걸로 해주세요." 그녀는 못내 아쉬운 표정으로 응급실로 다시 들어갔다.

교도소로 돌아오는 차 안에서 선배와 나는 오늘 있었던 일들을 복기하며 퇴근길에 감자탕에 소주나 한잔하자고 의기투합했다. 격렬한 업무를 같이 끝낸 전우애, 뭐 그런 거였다.

"근데 선배." "응?" "아까 그 여자가 그냥 죽게 내버려 두지 그랬냐고 그러던데 둘이 무슨 사이래요?" "내가 오늘 자살 기도한 그 사람 사건 기록을 봤는데 말이야. 아마 그 사람 아내일 거야. 가정폭력 전과 6범에 아주 고약한 남편이었어. 한번은 골프채로 부인 갈비뼈 여덟 개를 부러뜨렸었더라고…." "아…." "아마 죽게 내버려두지 않고 살려낸 우리가 원망스러울 수도 있겠지."

가족을 자신의 소유물로 여기는 그릇된 생각에 폭력성이 더해져 끔찍한 결과를 낳았다. 아내를 수년간 폭행한 이 사람은 아내가 자신을 신고하자 배신감을 느끼고 자살을 기도했다. 그는 아내를 폭행하는 것과 아내를 사랑하는 것은 별개라고 말하면서 아내를 너무 사랑하기에 매를 들었으므로 자신의 폭력은 정당하다는 헛소리를 했다. 여러 차례 가정폭력으로 구속된 이 사람이 다시 사회로 복귀했을 때, 그는 다시 재범을 저지르지 않을 수 있을까? 꼬리에 꼬리를 무는 생각은 선배의 한마디에 멈췄다. "우리의 역할은 여기까지. 딱 한 병만 더 마시고 일어나자고."

그로부터 1년 후. 우리가 살려낸 그 남자는 출소 후 두 달 만에 다시 구속됐고, 죄명은 살인이었다.

출소 후 동종 범죄를 저지르고 다시 구속된 사람들과 만날 때가 있다. 특히 가정폭력 사건의 경우 '집'이라는 지극히 사적인 공간에서 발생하기에 법의 개입과 주변인의 간섭이 쉽지 않다. 경찰청 자료에 따르면 2016년부터 2020년까지 전국에서 발생한 가정폭력 사건 검거 건수는 22만 건이 넘는다. 폭력, 감금, 협박, 모욕, 재물 손괴 등 형태는 다양했다. 하지만 구속률은 고작 0.8퍼센트에 그친다.

처음에는 단순 폭행으로 시작하는 가정폭력은 법원의 판결을 비웃기라도 하듯 살인과 치사라는 죄로 나아가기도 한다. 교도소 내부에서는 가정폭력사범을 대상으로 재범 예방 교육과 치료 프로그램이, 교도소 밖 사회에서는 실효성 있는 모니터링 정책이 필요하다.

M'id pleasures and palaces though we may roam,

즐거운 곳에서는 날 오라 하여도

Be it ever so humble there's no place like home!

내 쉴 곳은 작은 집, 내 집뿐이리!

– 존 하워드 페인John Howard Payne, 〈즐거운 나의 집Home Sweet Home〉

이 노랫말처럼, 가정은 세상에서 가장 안전하고 구성원의 따뜻함으로 가득 채워진 공간이어야 한다. 이 글을 읽는 여러분의 가정에도 따스한 평안이 깃들기를 기원한다.

다 듣고 있습니다

"통화는 미리 신청한 가족과 지인에게만 하세요."

나는 수용자들에게 통화 전 몇 가지 주의 사항을 전달했다. 수용자들이 미리 올린 통화 신청 목록은 형, 누나, 지인, 친척, 할머니 등 다양했다. 교도관 몰래 피해자에게 전화 거는 것을 막기 위해 통화 전에 그 부분을 특히 강조했다. 데스크에 앉아 그들이 사용하는 전화기를 감청할 수 있는 헤드셋을 착용하고 녹음 버튼을 눌렀다. 그리고 통화 내용을 기재할 장부를 넘기며 말했다. "첫 번째 수용자, 들어가세요."

첫 번째 수용자는 친구에게 전화를 걸었다. 안에서

어떻게 살고 있는지, 일은 적성에 맞는지, 그런 평범한 안부 인사가 오갔다. 전화는 매일 할 수 없기에 이들에게 허락된 3분은 찰나였고, 다들 아쉬움에 수화기를 내려놓지 못했다. "3분 넘었습니다. 그만하세요." 나는 전화 부스를 두드렸다. 이어 다음 사람이 들어갔다.

두 번째로 들어간 사람은 상대방이 전화를 받기도 전에 흐느꼈다. "여보세요… 엄마." 전화를 받은 상대방도 같이 흐느꼈다. 몸이 아픈 홀어머니를 두고 구속된 모양이다. 그는 보이스피싱 범죄로 구속됐는데 자기 계좌를 보이스피싱 주범에게 건네주었다고 한다. 계좌가 범죄에 사용됐고 법원은 미필적 고의, 즉 범죄에 이용될 것을 알면서 계좌를 건네주었다는 이유로 그에게 4년형을 선고했다. "거기서 반성 많이 하고 나와서 착실하게 직업 가지고 살아. 어지럽게 사니깐 이런 범죄에도 연루되는 거야." 수화기 너머 들려오는 홀어머니의 힘없는 목소리에 그는 어떤 대답도 하지 못한 채 그저 수화기를 잡고 하염없이 눈물만 흘렸다. "3분 지났습니다. 전화 끊겠습니다." 나는 가차 없이 전화를 끊을 수밖에 없었다. 사연 없는 사람 없고, 한 명이 길어지면 그 뒤에 이어 하는 사람들의 시간이 잘릴 수 있다. 그것을 통제하는 것이 나의 역할이다.

"여자 친구한테 전화 걸겠습니다, 교도관님." 세 번째로 들어간 그는 익숙한 손놀림으로 주저 없이 번호를 눌렀다. "오빠!" 수화기 너머 상대방은 그의 전화를 애타게 기다렸는지 반갑게 받았다. 하지만 그들의 통화 내용은 그리 밝지 않았다. "그 사람이 죽은 건 맞지만, 내가 일부러 그런 게 아니니까 난 과실치사로 금방 나갈 거야. 길어야 3년?" 서로 주고받는 내용과 달리 그들의 말투는 그저 일상 안부를 묻는 거처럼 평온했다. "오빠, 지금 다 녹음되고 있는 거 아니야? 교도관이 듣고 있을 텐데." "뭐 어때. 우리가 뭐 범죄를 도모하는 것도 아니고. 그리고 변호사가 그러는데 고의가 인정되지 않으면 절대 살인죄로 판결할 수 없대." 사람이 죽었지만, 사람의 사망에 대해서 얘기를 하는 것이 아니었다. 그들에겐 사람이 사망한 것에 관한 법의 판결이 더 중요한 관심사였다.

"그럼 다행이고. 우리 어디 여행이라도 가자. 오빠 나올 때쯤 가을이니까. 강릉 놀러 갈까?" "강릉으로 되나. 비행기는 한번 타줘야지. 여기서 내가 얼마나 개고생을 하고 있는데.” 그들은 태평하게 여행 계획을 짜고 있었다. 고의든 아니든 사람이 죽었는데 어떻게 이렇게 아무렇지 않을 수가 있을까. 나의 상식과는 다른 일들이 벌어지고 있었다. 점점 그런 상황들에 신물이 났다. 그가 전화를 끊고 서른 명을 더 감청한 후에 수용자 전화 업무가 끝이 났다.

타인의 통화 내용을 온전히 내 귀로 듣는 것은 그리 즐거운 일이 아니다. 그 안에는 그들 나름의 사연이 깃들어 있고, 수화기 너머 교도소 밖 사람들의 통곡 소리는 온종일 내 마음을 무겁게 만든다.

“검사, 공소사실 진술하세요.” 오전 전화 업무를 끝마치고 오후엔 법정 재판 근무에 투입됐다. 공교롭게도 오전에 통화로 여자친구와 여행 계획을 세우던 수용자를 법정에서 다시 만났다. 그의 표정엔 자신감이 깃들어 있었다. 마치 자신이 곧 나갈 사람이라는 걸 알고 있는 듯했다. 그의 변호사는 재판장과 가벼운 묵례를 나눴다.

검사는 그를 살인죄로 기소했다. 그는 지인과 술자리에서 말다툼 끝에 벽돌로 상대방의 머리를 내리쳤다. 그 결과 두개골 골절과 과다출혈로 피해자는 사망했고 그는 그 자리에서 현행범으로 체포됐다. 변호사의 변론 요지는 이러했다. "피고인은 피해자를 살인할 의도가 없었습니다. 단순히 욱하는 성질을 이기지 못해서 옆에 보이는 벽돌을 들었고 상대방을 위협하는 목적으로 휘두르다 그만 머리에 맞았습니다. 술에 취해 달려드는 상대방을 제압할 목적으로 벽돌을 들었던 것이지, 절대 살인할 고의로 이런 일을 벌인 것이 아니므로 검사의 살인죄 기소는 적절치 않다고 생각합니다. 변론이유서에 상세하게 기재했듯이 피고인에게 과실치사상의 죄를 물어 판결을 내려주시길 간청합니다."

변론을 마친 변호사가 피고인을 바라보며 일어나라는 손짓을 했다. "피고인도 마지막으로 하고 싶은 말 있으면 하세요." 재판장이 피고인을 바라봤다. 피고인도 두 손을 공손히 모으고 일어나서 재판장을 바라봤다. "존경하는 판사님. 먼저 고인이 된 피해자에겐 죄송하지만, 저는 절대로 피해자를 사망케 할 고의는 없었습니다. 그저 술자리에서 작은 다툼이 있었고 그 사람이 술에 취해 달려드는 바람에 그만… 한 번만 선처해주십시오." 말을 끝낸 그는 자리에 앉아 변호인을 쳐다봤다. 변호사를 상당히 신뢰하고 있는 눈치였다.

"교도관님. 잠시 피고인과 얘기 좀 나눠도 되겠습니까?" 재판을 마치고 대기실로 돌아온 우리에게 변호사가 물었다. "짧게 하세요. 아니면 접견신청서 제출하고 정식으로 하셔야 합니다." 변호사는 수용자와 간단한 인사를 나누고 밖으로 나갔다. 곧 나갈 거니 걱정하지 말라는 말과 함께.

그리고 며칠 후 그의 선고일이 다가왔다. "판결 선고하겠습니다." 재판장은 피고인의 사건 요지와 변호사의 변론 요지 등을 요약해서 얘기했다. "이런 이유로 검사의 주장은 타당합니다. 양형에 관해서 보겠습니다. 피고인은 술에 취한 피해자가 달려들어 방어의 목적으로 피해자의 머리를 둔기로 타격했다고 주장하지만, 피고인은 1회 벽돌을 맞고 쓰러진 피해자의 몸에 올라타 2회, 3회 연이어 벽돌로 누워 있는 피해자를 가격했습니다. 만약 피고인의 주장대로 방어가 목적이라면 1회 가격만으로 그 목적을 달성할 수 있었고 성인 남성의 힘으로 둔기를 들고 사람의 머리를 가격하는 행위는 충분히 사망에 이르게 할 수 있다는….”

재판부의 선고 내용을 듣는 그의 안색이 점점 보랏빛으로 변해갔다. “주문. 피고인을 징역 20년에 처한다. 이 판결에 불복이 있으면 7일 이내로….” 그는 주저앉아 망연자실한 표정으로 바닥을 내려다봤다. 그리고 그 표정은 곧 분노로 일그러지더니 방청석에 앉아 있던 변호사를 쳐다봤다. 하지만 변호사는 판사의 말이 끝나자마자 자리에서 일어나 법정을 나가버렸다.

그가 여자친구와 나눈 통화 내용이 생각났다. 가을에 나가면 강릉 여행을 가자던 그들의 대화. 이제 그 약속은 지키지 못할 것이다. 내가 만났던 수용자 중에는 자신이 금방 나갈 거라고 생각하는 사람들이 많았다. 자신이 지은 죄의 무게는 생각하지 못한 채 말이다. 그러나 그는 이제 이곳에서 20년을 살게 될 것이다. 바라건대 죗값을 뼈저리게 느끼고 인정하고 반성하는 시간이 되었으면 한다.

“교도관님. 여자친구에게 걸겠습니다.” 며칠 후 그는

다시 통화 신청을 했다. 여느 때와 다름없이 나는 몇 가지 주의 사항을 전달한 후 헤드셋을 착용했다. 뚜- 뚜--. 여자친구는 다시 그의 전화를 받지 않았다.

치약 뚜껑을 삼키는 이유

전화벨이 울렸다.

"아버지 시술 잘 끝났다. 입원하셨으니깐 시간 날 때 한번 들러." 어머니의 전화였다. 아버지는 얼마 전 뇌졸중으로 쓰러지셔서 뇌혈관 스탠스 시술을 받으시고 회복을 위해 며칠 입원하게 됐다. 바쁘다는 핑계로 자주 찾아뵙지 못한 탓에 죄인의 마음으로 아버지가 계신 병원을 찾았다. 병원 앞 편의점에서 산 과일주스 상자를 내려놓으며 병상에 누워 계신 아버지를 바라보았다. "아버지, 몸은 좀 어떠세요? 마실 것 좀 사 왔으니 여기 계신 분들이랑 나눠 드세요." 환자복을 입고 누워 계신 아버지를 바라보니 마음이 무거워졌다. 언제 이렇게 늙으신 거지. "괜찮다. 일하기 바쁠 텐데 뭐 하러 와. 내일모레 퇴원하니깐 그때나 집에 좀 데려다주라."

아버지는 6인실에 입원하고 계셨다. 마음 같아선 1인실에 편히 모시고 싶었지만 뻔한 내 월급으로는 차마 엄두가 나지 않았다. 자주 찾아뵙지도 못하고 그저 모든 게 죄송한 마음뿐이었다. "오늘도 밤에 일하는 거냐. 그러다 몸 축난다. 좋은 거 잘 챙겨 먹고 다녀." 아버지는 이런 상황에서도 자식 걱정뿐이셨다.

"내가 보고 싶은 TV 채널도 못 보고 여기 사람들은 다들 뭔 드라마를 그렇게 좋아하는지. 나는 병원 체질이 아닌가 봐. 조기 퇴원을 신청하든지 해야지 원." 잠귀가 밝으신 아버지는 생전 처음 보는 모르는 사람들과 같이 생활하며 며칠을 보내는 게 영 불편하다고 하셨다. "아버지, 좀만 더 참으세요. 내일모레 퇴원하실 때 올게요. 이제 출근하러 가봐야 해요." 누워 계신 아버지를 뒤로 하고 병원 밖으로 나와 버스에 올랐다. 버스 창밖을 바라보며 이런저런 생각이 마음속에 내려앉았다. 당장은 병원비부터 걱정이었다.

"교도관님! 큰일났습니다!" 복도에서 큰 소리가 울리자 곧이어 바로 비상벨이 깜빡거렸다. "무슨 일이에요?" 나는 허겁지겁 담당실에서 뛰쳐나와 소리가 난 방을 들여다봤다. "여기 이 사람이 치약 뚜껑을 집어삼켰어요!" 한 수용자가 손가락으로 가리킨 사람은 태연하게 문 쪽을 바라보고 앉아 있었다. "아니, 그걸 왜 삼켜요!" 이해할 수 없는 일들이 하루가 멀다고 벌어졌다. 간혹 수용생활에 불만을 품은 사람들이 이물질을 삼키거나 신체를 훼손하는 방법으로 자해를 시도했다. "상황실. 응급상황 발생했습니다. 병원 차량 대기 바랍니다." 나는 상황실에 무전을 쳤고 비상 대기 중이던 직원들이 그를 휠체어에 태우고 달려 나갔다. 이물질 섭취는 기도를 막히게 할 수 있어 신속히 병원으로 이송해야 했다. 도대체 저걸 왜 삼키는지….

방금 발생한 사건에 관한 보고서를 쓰기 위해 다시 담당실로 돌아왔다. "교도관님. 4실인데요. 선풍기가 돌아가면서 덜컹거려요." 자리에 앉자마자 인터폰이 울렸다. 벽에 걸린 선풍기가 떨어지면 큰 부상으로 이어질 수 있어서 점검이 필요했다. 쉴 틈이 없었다.

"일단 선풍기에서 멀리 떨어져 있으세요. 시설 점검하러 곧 온다니깐 한번 봐봅시다." 잠시 후, 시설 점검 인력이 도착하자 우리는 선풍기의 부착 상태를 확인하기 위해서 문을 개방했다. "어떤 선풍기에서 소리가 나요?" "이거예요. 여기 보시면 뒤에 나사가…." 그 수용자가 가리키는 선풍기 밑으로 가서 뭐가 문제인지 들여다봤다. 그때였다. "아악!" 선풍기가 갑자기 탁 소리를 내더니 바닥으로 떨어졌다. 밑에서 선풍기를 가리키던 수용자가 떨어지는 선풍기를 팔로 막았지만, 선풍기는 내 발목 쪽으로 떨어지고 말았다. 그와 나는 동시에 악 소리를 내며 바닥을 동동 굴렀다. 정신을 차리고 주변을 둘러보니 선풍기는 박살이 나 있었고 수용자의 팔에는 피가 흐르고 있었다.

"상황 발생. 수용자 부상 발생했습니다." 나는 주저앉아 급하게 상황을 보고했다. 치약 뚜껑을 삼킨 사람을 응급차에 태운 비상대기팀이 숨 돌릴 틈도 없이 다시 휠체어를 끌고 달려왔다. 교도관은 수용자가 다치거나 질병에 걸리면 적절한 치료를 받게끔 조치해야 한다. 치료가 지체되면 자칫 징계와 소송에 휘말릴 수 있어서 근무자들은 경직된 표정으로 그를 휠체어에 태우고 내달렸다. 다행히 그는 응급차에 실려 대학병원으로 금방 호송됐다.

"자네는 좀 괜찮아?" "아 저요… 저는 뭐… 아악!" 발을 내딛는데 발목에 찌르는 통증이 느껴졌다. 바지 밑단을 올려보니 발목이 퉁퉁 부어 있었다. "많이 부었네. 자네도 얼른 병원 가봐." 나는 다리를 절뚝거리면서 버스를 타고 집에서 가까운 동네 병원으로 들어갔다. 평소 20분이면 갈 거리인데 다리가 불편한 탓에 한 시간이나 소요됐다. 문득 서러웠다. 몸이 아프면 서럽다고 하더니만… 다행히 뼈에는 이상이 없었다.

며칠 후, 나는 병원 입원실 근무에 배치됐다. 아직 발목이 완쾌되지 않았지만 그럭저럭 걸을 만해서 다시 출근하기 시작했다. 병원 입원실엔 치약 뚜껑을 삼켰던 수용자가 누워 있었다. "교도관님. 다른 채널 좀 틀어줘요." 리모컨을 쥐고 있던 손에 강하게 힘이 들어갔다. "당신 보라고 TV가 있는 줄 알아요? 누워서 치료에나 신경 쓰세요." 순간 또 욱하고 말았다. 물론 질병이 있거나 부상한 사람은 적절한 치료를 받아야 하지만 그는 혼자 편하게 침대에 누워 있고 싶어서 악의적으로 이런 일을 벌였다. 이때 수용자는 외부인과 접촉하면 안 되기 때문에 1인실을 이용했다. 옆 사람이 드라마를 좋아해서 원하는 채널을 못 본다는 아버지의 말씀이 떠올라서 더 화가 났는지 모르겠다.

"선배. 팀장님이 선배 바꾸라는데요." 같이 근무를 서던 직원이 나에게 전화를 건네주었다. 교도소에서 전화가 온 모양이다. "여보세요." "어. 나 팀장인데. 며칠 전 선풍기에 다쳤던 그 사람 있잖아." "아, 네네. 그 사람 팔은 좀 괜찮대요?" "입원실로 가족들이 찾아온 모양이야. 가족들이 담당 근무자가 누구냐며 고소했더라고…." "고소를 했다고요?" "여기로 검찰청 소환장이 날아왔더라고. 자네가 잘못한 건 크게 없으니깐 괜찮을 거야." 그 이야기를 전해 들었을 때, 이상하게도 짜증 나거나 화나거나 불쾌하지 않았다. 그저 이 반복되는 일상이 빨리 지나가길 바랄 뿐이었다.

조사실에 앉아 수사관이 작성하고 있는 서류를 읽어봤

다. '업무상 과실치상 고소 건.' 그러고 얼마나 지났을까. 조사를 마치고 검찰청 정문을 나서면서 하늘을 바라봤는데 참 우중충했다. 〈돼지가 우물에 빠진 날〉이라는 영화 제목이 생각났다. 오늘은 내가 깊은 우물에 빠진 것 같다.

나의 하루는 이렇게 지나갔다. 살다 보면 이런 날, 저런 날이 있다. 생각해보니 내 잘못이 맞는 거 같다. 그때 나 혼자 선풍기 밑으로 가야 했었는데…. 조사실을 나오면서 마음 한편이 씁쓸했던 이유는, 이 고소 때문에 우리 교도소의 기관 평점이 낮아져 조직에 피해가 가지 않을까 하는 걱정부터 들었기 때문이다. 나도 점점 조직 안에서 '나'라는 존재를 스스로 지워가고 있었다. 이 조직 안에서 '나'라는 존재는 무엇일까.

가끔은 나도 누군가에게 신세 한탄을 해보고 싶다. 내 이야기를 하다가 당신의 이야기를 듣고 같이 웃고 공감하고 싶다. 오늘이 내게 그런 날이다. 소중한 사람들과 나누는 담소와 소주 한잔이 생각나는 그런 날.

강간범과 음압격리실

음압격리실.

원래 이곳은 환자와 의료진 외에는 아무도 들어오면 안 되는 곳이다. 어제 새벽, 격리 독방에서 결핵을 앓고 있던 수용자가 가슴 통증을 호소하며 쓰러졌다. 수용자는 대기 중인 응급차에 실려 급히 병원으로 호송됐고, 감염 위험으로 인해 음압격리실에 입원했다. 그리고 나도 그의 도주, 자해, 자살 방지라는 명목하에 함께 이곳에 격리됐다.

"이제 이 방에서 나오시면 안 돼요. 마스크랑 보호복도 절대 벗으시면 안 되고요." 상당히 지쳐 보이는 기색의 간호사가 아무 감정도 담지 않는 말투로 나를 바라보며 말했다. "팀장님, 저까지 꼭 들어가야 합니까? 저 사람 활동성 결핵이라는데… 집에 애가 있어요. 병원 대기실에 있으면 안 되는 겁니까?" "그러다가 도망가거나 자살하면 네가 책임질 거야?" 역시나 씨알도 안 먹히는 바람이었다. "그럼 팀장님. 세 시간씩 교대하시죠?" "크흠. 저기 음압격리실은 한 번 들어가면 내일 아침까지는 나올 수 없다고 하더라고. 감염 위험 때문에 그러는 거니 오늘은 자네가 고생 좀 해줘."

음압격리실에는 화장실과 침대 하나만 덩그러니 놓여 있다. TV도 없다. 마치 무중력 상태인 공간에 우주복을 입고 어떤 행성에 도착할 때까지 마냥 대기하는 사람들처럼, 머리부터 발끝까지 내려오는 하얀 방호복과 항바이러스 장갑을 착용한 채 힘겹게 숨을 쉬어야 했다. 그리고 5평 남짓의 밀폐된 공간에서 이 수용자와 단둘이 여덟 시간을 보낼 예정이었다.

"간호사님. 혹시 제가 좀 앉을 만한 의자가 없을까요?" 간호사는 여전히 지친 표정으로 세 뼘 남짓의 딱딱한 간이의자를 건네주었다. "죄송한데 이거밖에 없네요.” 의자를 건네고 돌아서는 간호사의 뒷모습을 보니 나와 같은 처지라는 생각이 들었다. 물론 나 혼자만의 생각일 수 있다. 하지만 병원과 교도소는 뗄 수 없는 관계가 분명하다. 하루가 멀다고 수용자들은 각종 질환과 사건·사고 때문에 외부 병원으로 호송됐고 짧게는 며칠, 길게는 몇 달 동안 병원 신세를 져야 했다. 교도소와 음압격리실. 이 밀폐된 공간에서 종사하는 두 월급쟁이의 뒷모습에는 자유를 향한 보이지 않는 열망 같은 것이 느껴졌다. 수감되고 격리된 사람들과 같이 실제로 생활하고 있으니 말이다.

간호사의 뒷모습을 바라보고 있는 건 나뿐만이 아니었다. 병원 침대에 수갑을 찬 채로 누워 있던 그도 간호사의 뒷모습을 흘깃거리고 있었다. 굉장히 음흉한 눈빛으로. 나는 발목에 채우는 수갑을 만지면서 그에게 무언의 눈빛을 보냈다. 그 눈빛에는 욕설 비슷한 게 담겨 있었다. 그는 성폭력을 저지르고 들어온 자였다. 나는 괜히 휴대폰을 꺼내 들어 물리적 거세를 검색했다. 이곳이 병원이라 그랬을까.

물리적 거세

성폭력 범죄자의 고환을 제거하여 남성 호르몬(테스토스테론) 분비와 성 충동을 억제하는 일.

물리적 거세는 왜 시행을 안 하는 걸까? 의학적으로 볼 때 화학적 거세(성 충동 약물 치료)와 물리적 거세는 큰 차이가 없는 시술이다. 오히려 의료계는 물리적 거세가 이름만 다를 뿐이지, 암 치료 목적으로 오랫동안 시행해 온 안전성이 입증된 방법이라고 한다. 이 역시 '인권'이라는 거대한 이름의 보호 아래 시행되지 않는 걸까. 인권을 침해한 자들의 인권 보호라…. 이런 생각이 들 때마다 머리가 지끈거렸다. 됐다. 일단 내가 맡은 소임 먼저 하자.

"교도관님. 여기에 저 환자의 침을 받아주셔야 할 거 같아요." "네? 침이요?" 간호사의 요구에 나도 모르게 인상을 찌푸리며 대답했다. 침을 뱉으려면 먼저 마스크를 벗겨야 하는데, 결핵은 결핵균 감염에 의한 질환으로 침방울 등을 매개체로 전염된다. 상상만 해도 끔찍했다.

"네. 이건 보호자가 해줘야 해서요." 보호자라… 내가 이 사람의 보호자라니. 맞네. 구속된 이상 이 사람의 생명과 안전 보호의 의무를 맡는 내가, 이 사람의 보호자가 맞다.

"마스크 내려보세요." 나는 방호복과 마스크, 얼굴 가림막이 잘 착용되어 있나 다시 한번 확인한 후 간호사가 건네준 컵에 그의 가래침을 받아냈다. 내일 가족들이랑 함께 캠핑 하러 가기로 했는데… 혹시 아이가 감염되면 어떡하지, 걱정이 밀려들었다. 아무리 내 업이라지만 결핵 감염 위험을 무릅쓰고 가래침까지 내 손으로 받아내고 있자니, 직업적 회의가 어김없이 찾아왔다.

하지만 더 큰 고통은 따로 있었다. 나는 기존에 내가 쓰고 있던 KF94 마스크 위에 병원에서 따로 지급해준 격리실 마스크에 얼굴 가림막까지 착용하고 있었다. 머리부터 발까지 덮어씌우는 방호복 안으로는 슬슬 땀이 차기 시작했다. 이 음압격리실에 들어온 지 다섯 시간이 지날 즈음, 눈앞이 핑 돌면서 속이 울렁거렸다. 숨이 잘 쉬어지지 않았다. 잠깐이라도 마스크를 내리고 신선한 공기를 마시고 싶었지만 그럴 수 없었다. 이 수용자는 결핵뿐만 아니라 에이즈, 코로나19 바이러스 의심 증상까지 있어서 결과가 나올 때까지는 절대 마스크를 벗을 수가 없다. 다음 교대 근무자가 오려면 앞으로 세 시간을 더 있어야 했다.

나는 이 사람을 보호해야 하는 의무가 있어서 딱딱한 간이의자에서 일어나 주변에 이동하는 사람들의 동태를 살폈다. 누군가의 생명이나 신체, 재산의 피해를 주고 구속된 사람들이라 언제 어디서 공격받을지 몰랐다. 그래서인지 인원을 파악하고 주변 사람들의 동태를 미리미리 살피는 것이 직업병이 되어버렸다. 그렇게 몇 시간이 더 지나고 아침이 밝아서야 정신 수련과 시간의 방에서 탈출할 수 있었다.

밀폐 병동에서의 수용자 계호* 근무는 정말 두 번 다시는 하고 싶지 않은 경험이었다. 코로나 시국에, 그것도 병원에서 수용자를 계호하는 일은 평소보다 두 배는

---

* 범죄자나 용의자 따위를 경계하여 보호함.

더 힘들다. 집으로 돌아오자마자 찝찝해서 아이를 안아주지도 못하고 곧장 샤워실로 직행했다. 양치질도 두 번, 세 번 하고 샤워도 평소보다 더 꼼꼼히 하고, 입고 있던 옷을 모두 세탁기에 넣고 삶기 버튼을 눌렀다. 괜히 가족들한테 미안한 마음이 들었다.

다음 날 새벽 세 시. 아이는 평소보다 많이 칭얼댔고 쉽게 잠들지 못하더니 컹컹거리다 가래를 뱉어냈다. 아내와 나는 아이를 안고 응급실로 내달렸고, 내 탓인 것만 같아서 눈물이 멈추지 않았다. 그렇게 나는 다시 병원으로 돌아오고 말았다. 그때 우리 아이의 체온은 39도를 넘어서고 있었다.

"선생님. 저희 애 괜찮은 거죠?" 엑스레이 촬영과 피검사를 마친 아이는 응급실 침대에 누워 호흡기 치료를 받고 있었다. 아이가 숨을 내쉴 때마다 컹컹대는 소리에 내 심장이 아려왔다. "다행히 걱정하신 감염병은 아닙니다. 환절기에 감기가 심하게 온 거 같네요." 천만다행이었지만 여전히 불안을 떨칠 수 없었다. 호흡기 치료기를 착용한 채, 잠들어 있는 아이의 모습을 보면서 앞으로 몇 번이나 더 이런 감염 불안에 시달려야 하는 건지 한숨이 새어나왔다.

교도소에는 에이즈, 폐결핵, 백일해, 여러 종류의 간염 등 감염 질환을 앓고 구속된 수용자들이 꽤 많다. 물론 교도소에서는 감염을 예방하기 위해 감염 질환 수용자 격리와 감염 예방 행동 수칙들을 준수하고 있다. 하지만 아무리 강조해도 수용자가 마음대로 마스크를 벗거나, 심지어 감염 질환 수용자가 교도관의 얼굴에 침을 뱉는 상황도 실제로 일어나곤 한다. 하지만 교도관은 24시간 수용자 도주 방지, 사고 예방 업무를 위해 묵묵히 그들의 곁을 지켜야 한다.

오늘도 나는 또 다른 감염 질환 수용자와 단둘이 밀폐된 공간에 장시간 있어야 했다. 전문의들은 감염 예방을 위해 감염자와 접촉을 최소화하라고 말한다. 하지만 그 조언을 지킬 수 없는 업무를 수행해야 하는 나는 그의 곁에 더 밀착했다. 오늘은 건강히 집으로 돌아갈 수 있을까. 쉴 틈 없이 돌아가는 업무 속에서 건강을 놓치고 있는 나 같은 이들에게 위로를 전하고 싶다. 우리도 잠시 자신을 돌봐야 할 때가 아닐까요?

입고 있는 옷 전부 벗으세요

코로나19 바이러스 앞에 높고 두꺼운 교도소 담장은 무용지물이었다.

원래도 외부와 단절된 곳인데, '코로나 위험 밀집 구역'으로 지정되자 전보다 더 고립된 분위기가 연출됐다. 가뜩이나 민간인들의 출입이 금지된 이곳은 바이러스가 창궐하자 면회, 변호인 접견, 수사 접견 등 외부인의 출입을 엄격히 제한하고 방역을 위해 출입 가능한 모든 문을 더 단단히 걸어 잠갔다. 이제는 출퇴근하는 직원들을 제외하곤 사람들의 발길이 끊겨 으스스한 공기까지 맴돈다.

그런 보호구역에 유일하게 새로 들어올 수 있는 사람이 있다. 바로 '신입 수용자'. 물론 들어올 순 있어도 마음대로 나가지는 못하지만. 오늘은 민족 대명절인 추석이다. 추석 하면 그간 만나지 못했던 가족들과 오손도손 모여 송편을 빚어 먹거나 살아가는 인생 이야기를 도란도란 나누는 장면들이 먼저 떠오를 것이다. 하지만 나는 벌써 3년째 명절에 본가로 내려가지 못하고 있다. 비상근무 순번이 참 고약하게도 빨간 날만 되면 내 차례로 돌아왔다. 그래서 오늘도 스산한 분위기를 느끼며 의자에 머리를 기대고 시간과 싸움을 하고 있는 중이다.

지직. "외부 정문입니다. ○○경찰서에서 신입 수용자 한 명 들어왔습니다." 바람조차 들어오지 못할 거 같은 이곳에 그 길었던 침묵을 깨는 무전이 울렸다. 지독하다, 지독해. 어떻게 추석 당일에도 들어오는지. 범죄는 때를 가리지 않고 일어났다. 나는 경찰관들에게 그의 영장과 인적 사항이 적힌 명부, 소지품을 인계받고 그 앞에 섰다.

"지금부터 신체검사합니다. 입고 있는 옷 전부 벗으

세요." "속옷까지 다요?" "네. 속옷까지 다 벗고 카메라가 있는 바닥 위로 올라가서 다리를 어깨너비로 벌리고 앉았다 일어났다 세 번 반복하세요." 그는 머뭇거리면서 나의 지시대로 바닥에 설치된 카메라 위로 올라서서는 다리를 벌리고 앉았다 일어났다를 반복했다. 항문 검사였다. 누군가에게 자신의 항문을 적나라하게 보여주느라 수치심이 들었는지 그는 검사가 끝나자 아주 불쾌하다는 표정으로 옷을 주섬주섬 걸쳐 입고 의자로 돌아와 앉았다. 그러나 경찰관들이 건네주고 간 그의 범죄일지에는 그가 적반하장이라고 느껴질 만큼 아주 파렴치한 행동들이 기록되어 있었다.

그는 신체 노출에 대한 타인의 수치심을 이용해서 피해자를 유린하고 재산을 갈취해 결국 생명까지 앗아간 '몸캠 피싱'을 저지른 자였다. 도대체 왜 이런 짓을 하는지 도저히 이해가 가지 않아 대놓고 물어봤다. "이런 걸 왜 찍어요?" "그냥… 재밌잖아요. 헤헤." 그의 대답에 순간 또 한 번 깊은 곳에 눌러놨던 무언가가 꿈틀거렸다. 그는 그딴 식으로 말하면 안 됐다. 반쯤 누운 자세로 앉아 있는 저 모습, 대답하기 귀찮다는 듯한 말투. 반성의 기미라고는 전혀 보이지 않는 그에게, 자신이 무엇을 잘못했는지 인지조차 하지 못한 그에게 변화를 기대할 수 있을까?

성범죄를 저지르고 구속된 몇몇 사람들은 사건의 문제는 자신이 아니라 피해자에게 있다고 말하며 피해자를 비난하는 사고관을 가지고 있기도 했다. 한편 성범죄는 살인, 강도 등 다른 강력범죄 중에서도 재범률이 가장 높은 것으로 알려져 있는데, 특히 불법 촬영 등의 휴대기기를 이용한 성범죄를 저지른 사람들의 재범률은 일반 성범죄자들보다 더 높다.

어느 날, TV에서 한 범죄심리전문가의 인터뷰를 본 적 있다. "어린 연령의 청소년들이 성범죄 가해자로 지목되고 있습니다. 하지만 처벌만이 능사가 아닙니다. 특히 어린 나이에 구속된 사람들일수록 사랑으로 보살펴줘야 합니다. 그들도 이 사회가 만든 또 다른 피해자일 수 있습니다." 사회가 만든 또 다른 피해자라… 내 생각에는 그 말이 그들에게 피해당한 피해자를 더 가슴 아프게 만드는 말 같다.

그 전문가는 단 하루라도 성범죄를 저지른 범죄인과

24시간 붙어 대화하며 그들을 들여다본 적이 있을까. 어떠한 연구 자료도 살을 맞대고 살며 얻는 정보의 깊이를 쫓아오지 못한다. 나도 대학원에서 상담심리학을 전공하고 있지만, 가끔 정부나 전문가가 현장을 전혀 이해하지 못하는 해결책을 내놓을 때면 거부감부터 밀려든다. 때론 뜬구름만 잡는 정책들이 실제로 반영되면 현장 근무자들의 고통만 커진다는 점에서 분노하기도 했다.

물론 처벌만이 능사가 아니다. 특히 성범죄의 경우 치료와 교육이 동반되는 구금이 재범 예방에 효과적일 것이다. 하지만 나는 현장 근무자다. 실제 범죄인들을 눈앞에서 마주하고 함께 생활한다. "저기요. 대충하고 빨리 밥이나 줘요. 배고픈데 밥 안 주는 것도 인권 탄압이야, 이거." 반성하지 않는 그 모습을 바로 눈앞에서 마주했을 때, 오히려 피해자에게 그 책임을 돌리는 발언을 들었을 때, 나는 분노한다. 강력한 처벌과 교화. 그 갈림길에서 나는 매일 길을 잃는다.

신세 지고 갑니다

검찰청 엘리베이터를 타고 내려오는 길이었다.

검사실에 소환된 수용자를 데리고 가는데 맞은편 어떤 남자와 눈이 마주쳤다. 그는 나에게 미소와 함께 가벼운 묵례를 건네고는 검찰청 정문을 향해 걸어갔다. 잘 다려진 갈색 와이셔츠에 빨간 넥타이, 멋들어지게 차려입은 모습을 보니 수개월 전 수의*를 입고 있던 그의 모습이 잘 떠오르지 않았다.

* 죄수가 입는 옷.

누구든지 구속이 확정되면 수의를 입게 된다. 그때 사회에서 소지하고 왔던 모든 물품은 출소할 때까지 따로 보관된다. 속옷과 양말, 심지어 결혼반지까지. 수의를 입은 수용자들은 대부분 같은 표정을 짓는다. 몇 년간 똑같은 수의만 입고 제한된 생활을 반복하다 출소하는 날, 처음 구속되던 순간 착용했던 옷가지를 바라보며 눈물을 흘리는 사람도 있다.

"무슨 일이시죠?" 한 수용자가 창살을 통해 자기 방을 들여다보는 나를 빤히 쳐다봤다. "순찰 중입니다. 방을 청결하게 유지해주세요." 그는 당황한 표정으로 나를 바라봤다. 자신의 생활양식을 지적받는 상황이 적응 안 되는 모양이다. 전반적인 수용 생활을 관리해야 하는 나에게 순찰은 기본 업무지만, 타인이 자신의 개인 공간을 불쑥 들여다보는 이 상황은 그에게는 아마 태어나 처음 하는 경험일 것이다. "아… 뭐… 알겠습니다." 붉어진 얼굴에는 당혹감이 가득했다. 언론에서는 재벌가의 사람이 구속됐다며 그의 선고 형량을 앞다투어 보도했다. 재벌의 삶이 어떤지는 잘 모르겠지만 나는 그에게 이곳에서 공동체의 규율을 준수하는 법을 가르쳐야 했다.

"누워 있지 마세요." 그의 옆방에 수용된 남자는 누워서 잠을 자고 있었다. 일과 시간에 누워 있는 것은 규율 위반이다. 그는 밖에서 노숙자였다. 처음 구속되던 날, 신입 절차를 마치고 수의로 환복시키기 위해 그와 마주섰을 때 충격받지 않을 수 없었다. 그는 양말 다섯 개를 겹겹이 신고 있었다. 양말을 3년간 단 한 번도 벗은 적이 없다고 했다. 양말과 발등 살이 서로 달라붙었는지 양말을 벗겨내기 쉽지 않았다. 아마 벗겨졌다는 표현보다는 뜯겨나갔다는 표현이 더 정확할 것이다. 그의 속옷은 오물이 젖었다 말랐다를 몇 번이나 반복했는지 딱딱하게 굳어 있었고 코를 찌르는 냄새를 도저히 참을 수 없어서 나는 도중에 그만 화장실로 달려가고 말았다.

그는 이곳에 들어와서 몇 년 만에 처음으로 온수로 개운하게 샤워했고 갓 지은 따듯한 밥을 먹었다. 정상적인 생활을 하지 못해 온갖 질병에 걸렸던 그에게 무료로 약품이 지급되고 병원 치료가 동반됐다. 그가 죄를 짓지 않아 교도소에 들어오지 않았다면, 그의 건강은 계속 무방비 상태에 놓였을 것이다. 그에게 구금이라는 형벌은 벌일까? 아니면 상일까? 그는 타인에게 손해를 끼치는 행위를 함으로써 자신의 생명을 유지했다.

"신세 지고 갑니다." 거리를 전전하던 그가 말끔해진 모습으로 출소했다. 마치 복지 시설을 이용한 후 만족한 방문자의 표정으로 정문을 통해 뒤돌아 나갔다. "선배, 저 사람 다시 들어올까요?" 그의 출소 길을 바라보며 옆에 있던 선배에게 물었다. "글쎄. 거리에서 굶거나 아픈데 병원에 갈 수 없으면 다시 이곳이 생각날 수는 있겠지…." 선배는 착잡한 표정으로 멀어져가는 그의 뒷모습을 보며 대답했다. "그렇다고 일부러 죄를 짓고 들어오는 건… 뭔가 잘못된 일이에요." 물론 고의로 들어왔다고 해서 생명을 잃어가든 말든 방치할 수도 없는 노릇이지만.

"그나저나 여기서 참 다양한 사람들을 만나는 거 같아요." 이 안에 들어오는 사람들의 직업은 다양하다. 전직 대통령부터 노숙자, 연예인, 종교인, 국회의원, 공무원, 의사, 세무사, 변호사, 회사원 등 나는 이곳에서 각계각층의 사람들을 만나고 있다. 그리고 살아온 과정과 직업적 환경에 따라 사람들의 특성도 다양하다는 것을 알게 됐다.

지직. "정문에 신입 수용자 들어왔습니다. 경찰 호송차 대기 중입니다." 무전이 울렸다. 출소자를 내보낸 지 한 시간이 안 됐는데 새 구속자가 또 들어왔다. 이번엔 또 어떤 사람이 들어왔을까. 나는 그 사람이 출소할 때까지 앞으로 그의 일상을 들여다보게 될 것이다. 우린 모두 타인이다. 하지만 이 안에서 그들과 나는 연결되어 있다. 짧거나 길게, 또는 깊게.

몇 달 후, 그 노숙자가 다시 돌아왔다. 그의 얼굴에는 절망감이나 아쉬움, 후회 따위는 전혀 묻어나지 않았다. 오히려 더 나쁜 죄질로 교도소로 돌아온 그에게 이미 교도소와 형벌은 의미가 없었다. 바깥세상보다 담장 안의 생활이 더 좋다는 그에게 나는 어떻게 다가가야 할지, 오늘도 답을 찾지 못해 답답한 마음을 안고 교도소를 나섰다. 담담해진 그의 걸음걸이처럼, 나 역시 점점 그들의 재범에 무뎌져가는 것이 아닌가 씁쓸했다.

휴대폰 반입 금지

교도소의 초기 목적은 구금 그 자체였다.

타인에게 해를 입힌 사람들이 더 죄를 짓지 못하도록 신체를 구속하는 것이다. 구금의 목적을 달성하기 위해서는 바닥과 간이 화장실만 있으면 충분했다. 그러나 현재 교정 시설 내에서는 단순 구금을 넘어 수용자의 교화 및 안정적인 사회 복귀, 재범 예방을 위하여 여러 교육 프로그램을 진행하고 있다. 수용자 치료를 위한 의료기기는 물론 교육 시설, 종교 시설, 운동장, TV 등등 점점 사회와 비슷한 모습으로 교정 시설의 형태가 갖춰졌다.

하지만 여전히 국가 보안 시설로 지정된 교도소는 내비게이션, 항공지도에 표시되지 않는다. 교도소에 방문하는 사람들은 담배, 라이터, 녹음기, 휴대폰, 카메라 등 교도소 내 시설을 훼손하거나 보안을 유출할 만한 소지품을 모두 보관 절차를 거친 후에야 내부 출입이 가능하다. 그리고 모든 방문객에게 이런 주의 사항이 공지된다.

위험한 물건 등을 소지한 경우 6개월 미만의 징역이나 500만 원 이하의 벌금형 등 형사 처벌을 받게 됩니다.

징역과 벌금이라는 형사 처벌을 받을 수 있다는 내용이다. 그만큼 국가 중요 시설로 분류되는 교도소와 구치소에는 여러 제약이 존재한다. 그리고 그 주의 사항들을 지켜야 하는 대상은 수용자나 방문객에 한하지 않는다. 교도소에 들어가는 교도관도 마찬가지다.

"선배, 오늘 야간 근무 들어가세요?" 이번 주에만 세 번째 야간 근무를 끝마친 후배 한 명이 눈을 비비며 나에게 물었다. 야간 근무는 오후 다섯 시 반에 투입돼서 다음 날 아침 아홉 시에 퇴근하는 근무 형태다. "어. 내일 아침에 퇴근하고 병원에 좀 들르려고." "병원이요?" "와이프가 몸이 좀 안 좋다네."

오늘 아침부터 아내가 어깨와 허리가 욱신욱신 쑤신다고 하더니 오후 네 시가 넘어가면서 어지럽고 몸이 안 좋다고 했다. 하지만 집에서 회사까지 한 시간 거리에 사는 터라 아픈 와이프를 뒤로하고 출근길에 오를 수밖에 없었다. "잘 다녀와 여보. 나 괜찮으니까 걱정하지 말고, 새벽에 배고프면 빵이라도 먹어." 아내는 애써 담담하게 나의 출근길을 배웅했다. "내일 퇴근하고 집에 오면 아침 열 시니깐 바로 병원에 한번 가보자고." 아침까지 아내의 몸 상태가 여전히 좋지 않다면 곧바로 병원에 갈 생각이었다. "네가 엄마 잘 지켜줘야 해. 이제 컸으니깐 씩씩하게 엄마 지켜줄 수 있지?" 아이가 한 손에 모형 비행기를 손에 든 채 씩씩하게 대답했다. "응!"

교도소로 출근한 나는 교육실에 들어와 앉았다. 직원들이 각자 근무지로 투입되기 전 주간 일과 중에 있었던 특이 사항이나 중점 관리 수용자들에 대한 주의 사항 등을 전달받는 자리다. 교육이 끝나면 어김없이 규칙에 따라 휴대폰을 보관함에 넣어두고 나는 잠시 세상과 단절된다.

'아 벌써 배고프네.' 수용동 담당 근무실로 들어온 나는 주간에 어떤 특이 사항들이 있었는지 컴퓨터 화면 속 인수인계표를 체크하며 교육실에서 나눠준 단팥빵 한 입을 베어 먹었다. 역시 빵에서 먹는 빵이 제일 맛있다. 나는 빵과 우유를 다 먹고 나서 수용자들에게 나눠줄 석식 약통을 들고 나갔다.

약을 한 명씩 나눠주며 혹시나 약을 혀 밑에 숨기는 사람이 있을까 봐 입속을 꼼꼼하게 확인했다. '투약 확인 철저'라는 규정을 실행하는 중이었다. 그런데 그때. "교도관님. 제 약 하나가 비는데요?" "약이 빈다고요? 나는 그냥 나눠주는 것뿐이라서…." "그래서요?" "네?" "약이 하나 없다고요. 내 약 어디 있냐고요." 당황스러웠다. 수용자들은 약을 보거나 만질 수가 없으니깐 약이 분실되면 교도관의 책임 같기도 했다. 하지만 우리 같은 현장 근무자들은 의료과에서 처방한 약을 그대로 전달해 투약 여부를 확인하는 것뿐이지, 어떤 의료 지식에 대해

선 전무한 편이었다. "의료과죠? 여기 약이 하나 빈다는데, 혹시 아시는 바가 있을까요?" 나는 왔던 길을 다시 돌아와서 담당실 전화기를 들었다. "약은 전부 전달이 됐는데요? 혹시 나눠주면서 잃어버리신 거 아니에요? 흘렸다거나." "아… 한번 확인해봐야겠네요… 일단 의료과엔 없다는 거죠? 알겠습니다."

나는 앞서 들렀던 방을 하나하나 다 들어가서 허리를 굽혀 바닥을 살폈다. 하지만 죽은 바퀴벌레만 네댓 마리 보일 뿐 약으로 보이는 형체는 도저히 찾을 수가 없었다. 몇몇 수용자는 내가 허리를 굽히고 약을 찾고 있는 모습을 보며 뒤에서 낄낄댔다. 기분은 나빴지만 얼른 이 일을 해결하고 담당실로 돌아가고 싶은 마음이 간절했다. 그렇게 한참을 바닥을 훑다가 다시 그 사람 방에 도착했다. 그는 아직도 철창살로 막힌 창문에 얼굴을 대고서 있었다.

"아무리 찾아도 약이 없네요." "아 뭐예요. 왜 내 약을 마음대로 잃어버리고 그래요. 어쩔 거예요." "뭘 어떡해요. 내가 약사예요? 약이 없는 걸 나한테 뭘 어쩌라고요." 순간 화가 나서 나도 격하게 대응하고 말았다. 뭔가 내가 잘못한 건 없는데 모든 책임을 뒤집어썼다는 억울함이 들었다. 그는 잠시 고민하는 듯한 표정으로 나를 바라보더니 인심 쓰듯 코웃음 치면서 말했다. "됐어요. 오늘은 그냥 안 먹고 자야지 뭐. 이번만 그냥 넘어가는 거예요." 어이없었지만 일단 이 골치 아픈 상황을 빨리 넘기고 싶은 마음에 반박하지 않았다. "근데 없어졌다는 약이 무슨 약인데요?" 심장약? 항생제? 도대체 어떤 약인지 궁금했다. "소화제요." "소화제… 요?" "요즘 소화가 안 돼서 꼭 먹고 자야 하는데. 더부룩한데 오늘은 그냥 누워야겠네. 누구 때문에."

하고 싶은 말은 많았지만 참았다. 이 사람을 계속 상대하느라 다른 감시에 소홀할 수 없으니 이제 다시 순찰을 해야 한다. 그때 시각은 저녁 열 시를 향해가고 있었고 교대까지는 아직 네 시간이 남았었다. 남은 시간은 좀 조용히 지나가길….

그렇게 150여 명에 가까운 사람들의 취침 상황을 주시하며 복도를 왔다 갔다 열 번 정도 반복하고 나서야 잠깐 휴식 시간이 생겼다. 교대하고 담당실을 나오자 밤새 찌뿌둥했던 몸이 한결 가벼워졌다. 졸음이 쏟아졌지만 바람을 쐬고 새우잠이라도 잠깐 잘 수 있다는 생각에 긴장이 느슨하게 풀렸다.

나는 휴대폰 보관함에 가서 얼른 휴대폰을 꺼내 들었다. 세상과 단절된 지 열 시간 만이다. 휴대폰 액정 속 시계는 새벽 두 시 반을 가리키고 있었다.

부재중 전화 36건

순간 심장이 빨리 뛰면서 다리가 저려오기 시작했다. 밖에 무슨 일이 일어난 게 분명하다는 본능이 이성보다 먼저 몸에 반응을 일으켰다. 아내와 장모님, 그리고 지역 번호로 시작하는 모르는 번호로 걸려온 전화들이었다. 곧바로 아내와 장모님께 전화를 걸었지만 받지 않았다. 마음은 점점 초조해지는데 다시에 근무에 투입해야 할 시각이 다가오고 있었다. 마지막으로 부재중 전화에 찍힌 그 모르는 번호로 전화를 걸었다. 손이 떨렸다.

"○○병원 응급실입니다." "응급실이요?" 심장이 내려앉았다. 아내가 아팠던 것이 생각났다. "혹시 ○○○님 보호자 되시나요? 왜 이렇게 연락이 안 되세요. 아내분이 수술을 받으시는데 보호자 동의가 필요해서 전화를 계속 드렸는데…. 다행히 어머님이 오셔서 보호자 동의를 해주셨어요." 당장 달려 나갔다. 도대체 어떻게 병원에 도착했는지 기억이 안 날 정도로 혼이 나가 있었다. 병원에 도착하자 아내는 입원실에 호흡기를 찬 채로 누워 있었고 장모님이 아내 옆을 지키고 계셨다.

장모님께 자초지종을 들어보니 폐에 구멍이 나는 기흉이라는 병이 원인이었다. 아내는 저녁 열 시쯤 잠자리에 누웠는데 갑자기 호흡곤란이 오고 날개뼈 통증이 심해져서 응급차를 불렀다고 한다. 그리고 나에게 전화를 했는데 도통 받지 않아 우선 수술실에 들어갔고, 이후 병원 측에서 계속해서 전화를 걸었던 것이다.

이전에 아내에게 급한 일이 있는데 내가 전화를 받지 않으면 직장 사무실로 전화하라고 번호를 알려줬었다. 하지만 막상 응급 상황이 닥치자 익숙지 않은 사무실 번호를 전화번호부에서 찾아서 누른다는 것 자체가 어려운 일이었다. 장모님 역시 내 개인 휴대폰 번호밖에 모르시니 병원에서는 장모님이 알려준 내 휴대폰 번호로 연신 전화를 건 것이었다. 그리고 아내가 응급 수술실에 들어갔던 그 시각. 나는 누군가의 더부룩한 배를 편하게 해줄 소화제를 찾으려 바닥을 뒤지고 있었다.

눈물이 왈칵 쏟아졌다. 아내가 응급차에 실려 가면서 같이 있던 아이는 영문도 모른 채 펑펑 울었을 것이다. 그 와중에 겨우겨우 남편에게 전화했을 아내 모습을 생각하니 눈물이 멈추지 않았다. 내 휴대폰은 보관함에서 하염없이 울리고 있었을 것이다. 나 역시 주어진 일을 했을 뿐이지만, 아내에 대한 미안함과 이럴 수밖에 없었던 상황에 대한 답답함에 좀처럼 분노가 가라앉지 않았다. 하지만 지금은 아내가 무사히 완쾌하기만을 바랄 뿐이었다. 부디.

3주가 지나고 아내가 퇴원하는 날. 나는 노란 꽃다발을 건네주었다. 아내가 아플 때 곁에 있어주지 못했다는 사실이 자꾸만 생각나서 그저 미안했다. 그리고 다음 날 아침. 출근을 하기 위해 회사 정문에 들어섰다. 매일 봐왔던 것이지만 오늘은 어느 때보다 유독 그 문구가 더 진하게 눈에 들어왔다.

위험한 물건 등을 소지한 경우 6개월 미만의 징역이나 500만 원 이하의 벌금형 등 형사 처벌을 받게 됩니다.

그리고 나는 오늘도 어김없이 보관함에 휴대폰을 집어넣은 후 세상과 단절됐다. 오늘은 세상에서 연락 올 일이 없길 바라면서.

2장

세상 끝의 사람

너는 내가 반드시 죽인다

너의 한쪽 뺨을 때리는 사람에게 다른 뺨도 돌려 대고

너의 겉옷을 빼앗는 사람에게 속옷까지 내주어라.

– 누가복음 6:29

인간을 구원하기 위한 메시아가 사람의 형상으로 이 세계에 내려왔다면 반대로 인간을 파괴하기 위한 악마 또한 사람의 형상으로 이 세계에 출현한 건 아닐까.

검찰청 검사실에서 한 수용자가 고개를 숙인 채 수사관의 질문에 대답했다. 구속된 수용자의 검사 조사와 법원 재판을 위한 외출에는 항상 교도관이 동행하며 계호한다. 나는 수용자 뒤편 출입구 문을 등지고 앉았다. 만에 하나 검사실에서 도주할 것을 방지하기 위해서다. “체액을 없애는 방법은 영화나 인터넷 글을 통해서 배웠고….” 그의 말을 듣고 있는 검찰 수사관의 얼굴에 수심이 드리웠다. 그는 친딸에게 몹쓸 짓을 저지른 자였다. 짐승도 하지 않을 짓을 인간의 탈을 쓰고 저질렀다. 진술을 하는 피고인은 마치 국어책을 따라 읽듯이 아무 감정 없이 자신의 범행 수법을 실토하고 있었다.

그는 사이코패스였다. 사이코패스란 반사회적 인격장애를 앓고 있는 사람으로, 다른 사람의 슬픔이나 고통 등에 무감한 것이 특징이다. 실제로 반사회적 인격장애자 중 극소수만이 사이코패스에 해당하지만, 이들은 출소 후 동종 범죄를 저지를 확률이 세 배에 이른다고 알려져 있다. 나는 이제 이 사이코패스와 같은 공간에서 생활하게 될 것이다.

결과적으로 자신의 딸에게 몹쓸 짓을 저지른 자의 생명과 신체를 보호해야 하는 상황에 놓였고 또 한 번 그동안 살면서 정립해온 가치관이 흔들리는 경험을 할 예정이었다.

조사가 끝난 바로 그다음 날, 달도 잠들었을 야심한 새벽 한가운데에서 우리는 굳게 닫힌 철문을 사이에 두고 마주 섰다. “바닥에 놓인 거 다 치우세요.” 그는 취침 시간에 이불도 펴지 않고 종이에 여자로 보이는 사람의 형체를 그리고 있었다. “싫은데요.” 그는 나를 힐끗 쳐다보더니 몸체 부분을 마저 그렸다. 인면수심의 범행을 저지른 지 일주일이 채 지나지 않은 그의 눈빛에는 아직 살기가 어려 있었다.

“당신 나랑 지금 장난하는 거예요?” “당신…?” 그는 그림을 그리던 볼펜을 강하게 움켜쥐었다. “어차피 나는 무기징역 받을 거고… 사람 하나 죽인다고 해도 나한텐 과속 딱지 정도밖에 안 된다는 거 잘 알 텐데?” “지금 협박하는 거예요?” 마음 같아선 이 문을 개방하고 저 사람을 제압한 후 바닥에 깔린 잡다한 물건들을 다 치워버리고 싶었다. 하지만 야간에는 혼자 근무하기 때문에 다른 직원의 지원이 있어야만 문을 개방할 수 있었다. 그때 때마침 순찰 중이던 기동타격팀이 내 근무지에 들어왔다. “근무 중 이상 없습니다. 다만….”

기동타격 팀장은 그 수용자가 생활하고 있는 방을 열어 한 번 쓱 둘러보았다. 그리고 그를 바라보며 낮게 내리깐 목소리로 말했다. “당신, 뭐 합니까 지금. 지시 안 따를 거예요?” “또 당신….” 그는 화난 표정으로 팀장을 노려봤다. 그가 자리에서 일어나 위협하듯 발걸음을 한 발짝 옮기자 나머지 기동타격 팀원들이 그의 주변을 둘러쌌다. 자존심이 상한 그는 팔을 휘둘렀다가 도리어 기동타격팀에게 붙잡혀 얼굴만 빨개진 채 힘을 쓰지 못했다. “조사실로 데리고 와.” 기동타격 팀장이 그를 한 번 힐끗 쳐다보더니 앞장서서 걸어갔고 남은 팀원들이 그의 팔을 붙잡고 거의 들다시피 조사실로 연행했다.

애처롭게 연행되는 모습을 보며 그의 인간성이 참 야비하다는 생각이 들었다. 자신보다 힘이 약한 여성을 대상으로 범죄를 저지르고 본인은 우월감에 취했을 것이다.

“너는 내가 반드시 죽인다!” 그는 연행되는 중에도 끝까지 뒤를 돌아보며 나를 향해 소리쳤다. 그 순간에는 내가 살해 협박을 받은 것인지 잘 실감 나지 않았다. 하지만 자려고 눈을 감았다가, 길거리를 걷다가, 양치하다가, 밥 한 숟가락을 떠먹다가… 문득문득 그 목소리가 선명하게 들려왔다. 그럴 때마다 마음은 바닥으로 내려앉았다. 벌써 5년이나 지났지만, 그의 목소리가 아직 생생하게 귓가를 맴돈다.

너는 내가 반드시 죽인다! 너는 내가 반드시 죽인다!
너는 내가 반드시 죽인다! 너는 내가 반드시 죽인다!

무기징역을 받을 거라고 예상하던 그는 징역 5년을 선고받았고, 지금은 출소해서 사회를 돌아다니고 있다. 그의 형량을 줄이기 위해 여러 증인이 입을 모아줬고, 사선변호사가 온갖 성의를 보인 덕분이었다. 나는 다시 한번 우리 집 현관문 잠금 장치를 확인하게 됐다.

방청석의 아이들

경부 압박에 의한 질식사.

담당 부검의는 그녀의 사망원인을 타살로 결론 내렸다. 중소기업 회계팀에 근무하던 그녀가 며칠간 출근을 하지 않자 회사는 그녀에게 서면으로 해고를 통보했다. 하지만 그녀의 부재를 의아하게 여긴 가족들이 경찰에 실종신고를 했고, 얼마 후 그녀는 어느 외딴 시골길 누군가의 차 안에서 사망한 채로 발견됐다. 그녀를 목 졸라 살해한 자는 채팅앱에서 만난 낯선 남자였다.

“경찰관님, 교도소는 처음 와보세요?” 구속 절차를 밟기 위해 교도소로 들어온 경찰관은 수갑을 풀어주며 교도소 내부를 이리저리 둘러보았다. “네. 저도 교도소를 직접 들어온 건 처음이에요. 이곳이 말로만 듣던….” 그 경찰관은 신기한지 계속해서 시선을 이곳저곳으로 옮겼다. 그날 저녁, 우연히 SNS에서 자신의 첫 교도소 방문 후기를 적어 올린 그 경찰관의 계정을 발견할 수 있었다. 나에겐 익숙한 일터인 이 공간이 누군가에겐 호기심의 대상이기도 했다.

반면 이 공간이 나만큼이나 익숙한 사람이 또 있었다. 바로 경찰관이 데려온 수용자. 그는 오랜만에 고향에 놀러 온 사람처럼 편안해 보였다. “이곳도 변한 건 하나도 없구먼. 지겹다 지겨워.” 그는 며칠 전 채팅앱에서 만난 여성을 처참하게 살해한 장본인이었다. 그의 표정에선 일말의 죄책감도 읽을 수 없었다.

“교도관님 저 기억 안 나세요?” 당연히 기억났다. 그는 이곳에서 강간죄로 6년간 복역하고 얼마 전 출소한 사람이다. 출소한 지 얼마 안 되어 동종 범죄에 살인까지 저질렀으니, 다른 건 몰라도 최소 내가 환갑잔치하는 날까진 이곳에서 서로 얼굴 보며 살아야 한다는 것은 분명했다. "지금부터 말하지 말고 정숙하게 신입 절차 밟으세요." 나는 그와 한가롭게 추억을 회상할 사람이 아니다. 그는 내가 제일 싫어하는 부류의 인간이다. 그가 6년 전 구속되고 첫 재판에 참석했을 때의 일이다.

"교도관님. 방청석에 혹시 우리 아들들 와 있어요? 중학교 교복 입고." "조용히 있으세요." 나는 수용 생활에 관련된 질문 외에는 대답하지 않았다. 죄책감이라곤 전혀 없는 그의 목소리를 듣는 것만으로 분노를 통제하기 힘들었다. "내가 꼭 교복 입고 오랬는데 그놈들." 그의 말대로 방청석엔 중학생쯤 되어 보이는 학생 둘이 교복을 입고 앉아 있었다. 마치 주말 아침부터 부모님 손에 이끌려 교회에 온 것처럼 아이들은 무표정으로 앉아 있었다.

잠시 후, 법정에 들어선 그가 갑자기 몸을 달달 떨기 시작했다. "재… 재판장님… 저는 몸이 불편해서… 병원 치료를 받아야 하는 사람입니다… 부디 선처를…." 아주 영화 〈유주얼 서스펙트〉의 한 장면이 따로 없었다. "그리고… 방청석에 앉아 있는 제 아들들은 아직 부모의 보살핌이 필요한 미성년 학생들입니다. 피해자와는 합의하에 관계를 맺었고 연인관계에서 흔한 사소한 말다툼을 벌이다 그만….” 재판장은 몸을 달달 떨면서 진술하는 그와 방청석의 아이들을 번갈아 바라봤다.

“저 오늘 어땠어요? 판사한테 좀 어필이 된 거 같아요?” 그는 거들먹거리며 법원을 빠져나왔다. “오늘 조연까지 특별출연 시켰는데, 시킨 대로 교복 입고 왔네. 킥킥.” 모든 건 다 쇼였다. 재판장에게 보여주기 위해 두 아들을 방청석에 앉힌 것이다. “다음 재판에선 또 누굴 부르지. 병원 환자복을 입고 오라고 해야 하나.” 사람의 생명을 앗아간 자의 반성 없는 모습은 한두 번 보는 게 아니었지만 볼 때마다 분노가 치밀었다. “그만!” 결국 나는 소리를 지르고 말았다.

며칠 후, 그는 6년 전 그날처럼 법정에서 눈물을 흘렸다. 어찌나 절절한지, 보는 이들이 연민을 느끼게 했다. 하지만 세상 사람들을 다 속여도 그들과 24시간을 같이 붙어 생활하는 교도관까지 속일 순 없었다. 그는 재판 분위기가 자신이 원하는 대로 흘러갔다고 생각했는지 흡족한 표정으로 구속자 대기실로 들어왔다. “그게 지금 반성하는 태도예요?” “네? 지금 뭐라고 그랬어요?” “뭘 뭐라 그래요. 똑바로 서 있으세요.” 그는 어이없는 표정으로 나를 노려봤다. 하지만 이 순간 가장 어이없는 사람은 나였다.

다시 교도소로 돌아와 그의 손목에 채워져 있던 수갑을 푸는데, 갑자기 그가 배를 부여잡고 바닥을 구르기 시작했다. “배가… 응급차 불러줘. 빨리!” 그의 얼굴은 점점 노랗게 변해가고 있었다. 이곳에서는 아무리 미운 사람이라 해도 아픈 사람을 나 몰라라 해서는 안 됐다.

[형의 집행 및 수용자 처우에 관한 법률]에는 ‘수용자가 부상을 하거나 질병에 걸리면 적절한 치료를 받도록 하여야 한다’며 수용자의 질병과 부상에 대한 치료를 의무적 사유로 규정하고 있다. “상황 발생! 수용자가 극심한 복통을 호소하고 있습니다!” 무전을 들은 기동타격팀이 휠체어를 끌고 급히 뛰어왔다. 결국 그는 휠체어에 실려 대학병원으로 호송됐다.

간혹 이런 돌발 상황이 발생하면 혼이 쏙 빠진다. 어떤 사람들은 사회에서 제대로 된 생활을 하지 못해 병약

한 상태로 구속되기도 한다. 이미 약해진 뼈와 기존 질환의 발현은 이런 갑작스러운 상황을 만들기도 했다. "휴, 놀랬네. 갑자기 몸이 아프다고 할 때는 정말 당황스럽다니까." 그를 대학병원에 호송했던 기동타격 팀원이 돌아오며 숨을 내리 쉬었다. "그래도 빨리 처치해서 다행이야." 기동타격 팀원은 내 어깨를 두드리더니 수고하란 말과 함께 자신의 근무지로 돌아갔다. 그렇게 치열했던 오늘 하루도 끝을 향해 달려가고 있었다.

집으로 돌아온 나는 샤워를 하고 침대에 뛰어들듯 몸을 던졌다. 오늘 하루도 여러 해프닝이 있었다. 교도소에서 종종 일어날 수 있는 일들이었지만, 도저히 잠이 오지 않았다. 자려고 눈을 감을 때마다 그가 떠올랐다. 휠체어에 타자마자 나를 보며 윙크와 미소를 날리던 그의 낯짝이.

재판부 앞에서 절절하게 눈물을 흘리며 반성을 하고 있다고 말한 그는 정말 반성하고 있을까? 혹시 재판을 받는 수용자들이 진심으로 반성하는 태도로 생활하는지가 정말 궁금하다면, 그들과 1년, 열두 달, 24시간을 붙어 있는 교도관에게 그 여부를 물어보는 것은 어떨까? 생각은 태도가 되고 태도는 행동이 된다. 그리고 그들의 행동을 24시간 주시하고 있는 직업이 세상에 딱 하나 있으니 말이다.

옥바라지

"가을인데 뭔 놈의 비가 이렇게 내리지."

바람이 점점 거세지더니 비가 한두 방울씩 하늘에서 떨어지기 시작했다. 툭툭 떨어지던 비는 얼마 되지 않아 쏴아- 소리를 내며 요란하게 퍼부었다. 여름 장마가 한물가고 이제 좀 잠잠해지나 싶었는데 다시 하루걸러 하루 사이로 비가 쏟아졌다.

사실 비가 아니라 하늘에서 돌이 떨어져도 나는 출근을 해야 한다. 천재지변이 발생하면 문을 닫는 다른 관공서들과는 달리 교도소 주요 업무의 대상은 전산상의 문서나 서류가 아닌 24시간 관리가 필요한 살아 있는 사람이기 때문이다. 빨간 날이라고 자살, 자해하지 말라는 법 없고 명절이라고 폭행, 부상이 발생하지 않으리란 법 없으니까. 한편 장대비가 무색하게 교도소를 찾는 사람들이 또 있었다. 바로 수용자들을 면회하러 온 가족들이다.

"수용자 면회하러 온 가족분 3실로 들어가세요." 면회 시간이 시작되자 면회자들은 접수 순서대로 면회실로 입장했다. 수용자와 면회자 사이에는 아크릴 판막으로 전면이 차단되어 있기 때문에 서로 접촉할 수 없었고, 목소리조차 수화기를 통해 전달됐다.

민원인을 대하는 업무는 쉽지 않았다. 수용자들도 출소 후에는 민원인의 신분으로 들어왔고 아는 얼굴들이 왔을 때 난처한 적이 한두 번이 아니었다. 출소자 중에는 기초수급자도 있고 장기간 구속됨으로써 사회적 지원을 받아야 하는 사람들도 많이 있다. 강제력이 행사되는 교도소라는 공간에서도 난동을 부리고 폭행이 발생하는데, 그 사람들은 출소 후에 곧바로 주민센터를 방문해서 행정직, 사회복지직 공무원과 마주하게 될 것이다.

"아이고, 할머니. 뭘 이렇게 많이 가지고 오셨어요. 여긴 옷은 반입이 안 돼요." 여든 세 가까이 되어 보이는 할머니께서 옷가지들을 포대기에 싸 머리에 짊어지고 오셨다. 다섯 시간이나 걸리는 거리를 이 연세에 자차를 이용해서 오셨을 리 만무하고, 혼자서 지팡이에 기대 대중교통을 이용하셨을 텐데… 아들과 만나는 단 10분을 위해 들이셨을 고생이 눈에 훤히 보였다. "곧 겨울인데, 우리 아들 안에서 감기 걸리지 말라고 겨울옷 좀 가져왔어요." 할머니의 마음은 잘 알지만 구속된 수용자들은 관에서 지급한 수의만 입어야 했고 외부에서 가져온 외투나 운동복 등의 옷가지들은 일체 반입 금지였다. 이 보따리를 짊어지고 왔던 길을 다시 돌아가셔야 한다니 마음이 편치 않았다.

"선배. 저 여학생은 오늘도 왔네요." 10대 후반으로 보이는 여학생이 창구로 걸어왔다. 이 학생은 단 하루도 빠지지 않고 아버지를 찾아왔고 매일 꼬박꼬박 5만 원씩 영치금*을 넣어줬다. 하루에 5만 원이면 교도소 안에서 생활하기에 꽤 큰 금액이었다. 그래서 돈은 때론 수용자들의 자존심으로 이용되기도 했다. "아버지 면회

왔어요." 학생은 무덤덤한 표정으로 안내받은 면회실로 들어갔고, 이후에도 매일매일 면회를 신청했다.

그러던 어느 날, 교도소에 코로나19 바이러스의 그림자가 드리웠다. 얼굴 가림막, 마스크, 면역 장갑, 외부인 접촉 최소화 등의 노력에도 바이러스는 공기를 타고 교도소에 들어왔다. 그로 인해 교도소는 모든 외부인과의 접촉을 금지하고 면회 또한 잠정 연기됐다. 면회실 문을 자물쇠로 걸어 잠갔고 이곳에 있는 모든 수용자와 직원이 바이러스 검사 음성 결과가 나와야지만 면회를 재개할 예정이었다. 처음 그 사실을 잘 모르던 가족들은 헛걸음하기 일쑤였고, 그중에는 다섯 시간을 고속버스를 타고 온 할머니도 있었다. 물론 그 여학생도.

"교도관님. 오늘도 면회 안 되나요?" 하루도 빠짐없이 찾아오던 그 여학생은 무덤덤한 표정으로 물었다.

---

* 수감자가 체포 당시 지니고 있었거나 가족, 친지 등이 수용자 앞으로 넣어준 돈. 교도소를 통하여 음식이나 물품을 구입하는 데 쓴다.

"당분간은 기약이 없어요. 전 인원이 전부 검사를 받아야 해서… 다음부터는 이렇게 찾아오지 말고 전화로 문의하세요. 힘들게 찾아왔다가 헛걸음할 필요 없잖아요. 비도 자주 오는데." 나는 안타까운 마음으로 그녀를 다시 돌려보냈다.

저렇게 매일 찾아오는 게 쉽지 않은데, 이 학생은 죄를 미워하되 사람은 미워하지 않는다는 것을 몸소 보여주고 있는 듯했다. "선배. 저 여학생은 효심이 지극하네요. 매일 5만 원씩 영치금 넣어주는 것도 아르바이트 일당 받아서 전부 넣어주는 걸 텐데." "가족들도 참 고생이야." 옆 창구에 앉아 있는 선배가 답했다.

그날 이후 학생은 정말 매일 전화를 걸어왔다. 마치 단 하루라도 면회를 놓치면 안 되는 사람처럼. "오늘도 안 되죠?" "아. 이제 면회 가능합니다. 전 인원이 바이러스 검사 음성이 나왔어요." 오매불망 면회 재개 날짜를 물어보던 학생에게 드디어 면회 가능 소식을 알릴 수 있었다. 내 목소리에도 힘이 들어갔다. "아… 안 되는데…." "네?" "아, 아니에요. 고맙습니다." 그녀는 황급히 전화를 끊었다. 그리고 다음 날부터 여느 때와 다름없이 영치금 5만 원을 들고 아버지를 만나러 왔다.

"이렇게 매일 찾아오는 거 힘들지 않아요? 저희가 수용자들 잘 지키고 있으니깐 너무 걱정 안 하셔도 돼요." 나는 근심 가득한 표정을 짓고 들어온 학생에게 조금이라도 도움이 되고 싶어 위안의 말을 건넸다. 그런데 갑자기 학생이 울음을 터트렸다. "교도관님. 사실… 너무 힘들어요…." 아직 사춘기를 겪고 있을 나이인데 아버지까지 구속되어 마음이 힘들겠거니 생각하고 안타까운 마음으로 바라봤다.

"사실… 저 여기 안 찾아오면 아버지한테 맞아 죽어요…." 그 뒤에 이어지는 그녀의 말은 충격적이었다. "저랑 제 동생은 어머니가 집을 나가신 후부터 줄곧 아버지와 함께 살았는데, 그 시간이 정말 지옥 같았어요. 술을 마시고 들어오시는 날이면 어김없이 저희를 때렸어요. 그러다 아버지가 구속됐을 때, 속으로 쾌재를 불렀어요. 하지만 상황은 달라지지 않았어요. 아버지가 매일 면회를 오지 않으면 가만두지 않는다고 했어요. 아르바이트비도 사장님한테 말해서 겨우 일당으로 받는 거예요. 아버지가 평생 이곳에 있는 게 아니잖아요. 출소하게 되면….” 이제야 그동안 이 아이의 표정이 이해됐다. 효심으로 찾아온 것이 아니라 두려움에 사로잡혀 그토록 면회 가능 시간을 물어봤던 것이다. 맞지 않으려고, 말 그대로 징역 수발을 들었다.

미결수용자* 면회는 1일 1회 가능하다. 매일 면회가 가능하기 때문에 떨어져 있는 가족을 매일 볼 수 있다는 안도감 뒷면에는 매일 봐야 한다는 두려움이 있다. 간혹 어떤 가족들은 죄를 짓고 구속된 이들에게 신뢰가 깨져 연을 끊거나 당분간 보고 싶어 하지 않는 경우가 있다. 그러나 이 안에 있는 사람들한테는 서운함이 앙심으로 변하기도 한다. 문제는 그들은 평생 이곳에 있지 않고, 법이 정한 일정 기간이 지나면 다시 가족의 곁으로 돌아간다는 것이다.

수용자의 접견교통권**은 신체가 구속된 사람이 유일

---

* 법적 판결이 나지 않은 상태로 구금되어 있는 피의자 또는 형사 피고인.

** 신체의 구속을 받고 있는 피의자, 피고인, 수형자와 면회하고 서류, 서신, 물건을 주고받을 수 있는 권리

하게 세상과 대화할 수 있는 수단으로, 중요한 현행법 중 하나다. 접견교통권 덕분에 수용자는 자신의 권리를 적법하게 보장받지만 때때로 피수용자는 뜻밖의 고통에 시달리기도 한다. 누군가의 권리가 또 다른 폐해를 낳는 상황이다.

오늘도 그 학생은 출석하듯 교도소를 찾았다. 한 손엔 영치금 5만 원을 손에 든 채. 학생의 아버지가 출소하기까지 이제 단 4일밖에 남지 않았다.

외상 후 스트레스 장애

다섯 살 때였다.

내가 살던 동네에는 뒷산 입구에 모래 깔린 놀이터가 있었다. 어느 날에는 놀이터와 산의 경계를 그어놓은 철망 뒤쪽에 새끼 고양이 한 마리가 죽어 있었다. 나를 포함한 동네 아이들은 매일 놀이터에 가는 척 찢어진 철조망 구멍으로 기어들어 가서 불쌍한 새끼 고양이 주변을 동그랗게 둘러싸 앉았다. 처음 새끼 고양이는 죽은 지 얼마 되지 않아서 살아 있을 때와 별반 다르지 않은 모습이었다. 멀리서 보면 늘어지게 낮잠을 자는 것처럼 보이기도 했다. 우린 새끼 고양이 위에 낙엽 이불을 덮어줬다. 하지만 서너 일이 지나자 고양이 사체는 부패하기 시작했고 이내 복부 내장이 아예 삭아 없어졌다.

처음 새끼 고양이의 사체를 봤을 때 우리의 반응은 제각각이었다. 어떤 남자아이는 호기심 어린 눈으로 유심히 들여다봤고 어떤 아이는 코를 막고 눈을 가렸다. 또 어떤 아이는 발로 툭툭 차며 고양이 사체를 뒤집어봤고 옆에 있던 여자아이는 부패한 사체를 나뭇가지로 휙휙 휘저었다. 한 남자아이는 눈물을 흘리기도 했다. 그때 나의 반응은 어땠을까. 잘 기억나질 않는다.

성악설性惡說. 고대 중국의 유학자 순자는 사람의 타고난 본성은 악하며, 인간의 선善은 후천적인 것이라고 주창했다. '인간의 성품은 악하다. 선한 것은 인위人爲이다.' 성악설에 따르면, 사람들은 후천적으로 선을 체감하고 악을 내면에 숨겨두는 것이다. 교도소에서 일하는 나는 성악설과 성선설, 이 논쟁의 어느 편에 서 있을까.

"어떻게 사람이 사람을 그리 끔찍하게 훼손합니까?" 그에게 단도직입적으로 물었다. 언뜻 겉모습만 봐서는 평범한 사람들처럼 어느 하나 특이점을 발견할 수 없었다. 성인 남성 평균 키에 약간 마른 체형, 오다가다 흔히 볼 수 있는 얼굴이었다. 뉴스에서 그가 사람을 죽이고 사체를 훼손해 유기했다는 사건 내용만 보지 않았더라도 그가 끔찍한 범죄를 저지른 살인자라는 걸 쉽게 믿지 못했을 것이다. "그냥… 저도 사체를 훼손하면서 몇 번이나 토했는지 모르겠어요. 하지만 계속 토하면서도 일단 시신을 가방에 담아서 빨리 이 상황을 벗어나야겠다는 생각밖에 없었어요."

말투가 너무도 덤덤한 나머지, 마치 그가 슈퍼에서 과자 하나를 훔치려다 주인아주머니한테 들켜서 도망간 정도의 범죄를 저지른 것처럼 들렸다. 하지만 그는 살인, 사체 유기 및 훼손의 죄를 저질렀다. "교도관님. 저 언론 타서 형 세게 받겠죠?" 살인자 중에 몇몇은 자신의 행위를 무덤덤하게 이야기했다. 그들의 화법에 이끌려 따라가다 보면 지금 이 대화의 주제가 살인인지, 과속 딱지인지 헷갈릴 정도였다.

"기동대! 빨리!" 독방에 갇힌 한 남성이 깨진 밥그릇 조각으로 자신의 팔뚝 살을 뜯어내고 있었다. 이미 피가 철철 흐르고 있는데도 자해를 멈추지 않았다. 미친 사람처럼 눈빛에 광기가 서려 있었다. 나는 곧바로 방으로 뛰어 들어가 그를 제압했다. 기동타격팀에 이끌려 의료과로 향하는 그의 표정에 묘한 만족감이 깃들어 있었다. 마치 오랫동안 담배를 피우지 못한 사람이 담배 한 모금 내뱉었을 때처럼.

"저 사람… 제정신 아닌가 보네요. 어떻게 자신의 살을…." 나는 근무복에 묻은 피를 휴지로 닦아내며 옆에 있던 선배에게 말했다. "살인도 중독이라는 말이 있어. 다른 사람을 해하지 못하니깐 결국 자신에게 저런 짓을 하는 거지." 그 수용자는 독방에 수용되어 다른 사람들과의 접촉이 일절 금지됐다. 운동도 혼자 하고, 밥도 혼자 먹고, 잠도 혼자 잤다. 결국 그는 자신을 훼손함으로써 대리만족을 취했다. 그만큼 그의 폭력성은 이성을 잃고 날카로운 칼끝을 휘두를 대상을 찾고 있었다.

"다른 사람들과 분리수용 하길 잘했네요. 더 큰 사고가 일어날 수도 있었겠어요." 만약 그가 구속되고 다른 사람들과 같이 섞여 생활했다면 큰 인명사고가 생겼을 것이 자명했다. "근데… 분리된 그 사람과 매일 접촉하는 사람이 딱 하나 있지." "그게 누군데요?" "우리." 위험성이 극도로 높은 사람을 격리한다 해도 그들과 매일 마주해야 하는 사람은 바로 교도관이다. 수용자가 운동장에 나설 때, 의료과에 진료를 받으러 갈 때 교도관은 바로 옆에서 목적지까지 인솔해야 한다.

이수정 경기대 범죄심리학과 교수가 2005년 발표한 자료에서 가슴 아픈 연구 결과를 보았다. 교도관 240여 명을 대상으로 외상 후 스트레스 장애 정도를 측정한 결과, 세브란스대학병원에 입원한 정신과 환자들을 대상으로 측정한 결괏값보다 높게 나왔다는 것이다. "선배는 이 일 힘들지 않으세요?" "안 힘든 일이 어디 있냐. 다 그렇게 사는 거지." 어찌 저리 단단할까. 아니면 단단한 척하는 것일까. 이 일을 2, 30년 하고 있는 선배님들을 보면 경외심 같은 게 든다.

이 안에서 어른이 아이를, 아이가 어른을, 부모가 자식을, 자식이 부모를, 남편이 아내를, 아내가 남편을, 일면식도 없는 사람을 해하고 들어온 사람들을 보며 내 마음은 성악설 쪽으로 더 기울었다. 그러나 반대로 자기 시간과 돈, 감정을 바쳐가며 아무 목적 없이 도움을 주는 사람들이 있다. 종교인, 봉사자, 익명의 기부자 들이 그렇다.

어쩌면 인간이 지금까지 생존할 수 있었던 이유는 바로 그 '선한 마음' 때문이 아닐까. 이 안에는 매일 선과 악이 공존한다. 그래서 이곳에서만큼은 성악설과 성선설의 논쟁이 무의미하다. 무엇이 맞는지는 중요하지 않다. 선을 믿는 마음, 선으로 변할 수 있다는 믿음. 그 믿음을 가지고 임해야만 변화를 끌어낼 수 있고, 나 또한 이곳에서의 생활을 버틸 수 있다.

> 물이선소이불위勿以善小而不爲 하고 물이악소이위지勿以惡小而爲之 하라. 선이 작다 하여 하지 않아서는 안 되며, 악이 작다 하여 해서는 안 된다.

일그러진 우리의 마음과 얼룩진 교도소 외벽에도 따뜻한 한줄기의 선善이 내려오길 바라며 잠시 눈을 감고 두 손을 모아본다.

출소자의 방문

13세 미만 아동을 대상으로 한 성폭력을 가중처벌 하는 특례법까지 있지만, 아동을 대상으로 한 성범죄는 계속해서 벌어지고 있습니다. 자신의 친딸을….

TV 속 앵커의 입에서 또 한 번 끔찍한 소식이 전해졌다. “저 죽어도 싼 놈.”, “저런 놈은 확 거세를 시켜버려야 해.”, 뉴스를 보던 수용자들의 반응은 비슷했다. 모두가 한마음으로 저런 반인륜적인 범죄를 저지른 자들에게 천벌이 내려지기를 염원했다. 곧 같은 수용자 신분으로 이곳에서 만나게 될 TV 속 그를 보며 분노를 토해냈다. "자, 이제 TV 끄고 이불 펴세요. 30분 후에 소등합니다." 뉴스를 보던 수용자들이 시끄러워지자 나는 각 방을 돌아다니며 취침 준비 상태를 점검했다. "소등합니다. 당장 TV 전원 끄세요. 다른 사람들 취침에 방해됩니다. 다들 취침하세요." 소등을 하자 교도소에 희미한 취침 등이 켜지고 어둠이 찾아왔다. 나는 수용자들이 생활하고 있는 방을 하나하나 들여다봤다.

"교도관님. 오늘 하루도 고생 많으셨어요." 순찰을 하던 중 10실 창문을 통해서 익숙한 목소리가 들려왔다. 수용동 도우미였다. 수용동 도우미는 일과 시간에 방 안에 있지 않고 복도로 나와서 청소 및 배식, 운동 시간 고지 등 교도관들의 간단한 업무를 보조하는 역할을 수행한다. 이들은 가석방에 도움이 되는 노역을 하며 하루 중 교도관들과 가장 많이 붙어 있는 사람들이다.

미국에서 어떤 아동성폭행자가 구속된 지 며칠 만에 같은 수용자들에게 맞아 죽었다는 뉴스를 본 적이 있다. 이곳 사람들도 뉴스를 보며 비슷한 반응을 보여 궁금해졌다. 내가 그들만의 물밑 속 생활과 생각까지 완벽히 알 순 없으니 그 수용동 도우미에게 슬쩍 물어봤다.

"근데 말이야. 미국 교도소에서는 소아성애자 같은 어린 애들한테 나쁜 짓 한 놈들이 들어오면 같은 수용자들끼리도 안 봐준다던데, 이곳에서는 분위기가 좀 어때?" "아예 인간 취급도 안 해주죠. 그런데 하루하루 같이 자고 먹고 운동하고… 시간이 흐르잖아요? 같은 처지에 이런저런 얘기 하다 보면 결국 그냥 같이 살아가게 돼요." "아… 그럼 그런 일들은 미국이나 영화 속에나 있겠네…. 여하튼 오늘 이리저리 정신없었을 텐데 이제 취침하도록 해. 내일도 할 일이 많아."

그 수용동 도우미는 웃는 상이었다. 항상 웃는 얼굴로 군말 없이 교도관의 지시를 잘 따랐다. 시키지 않아도 시간이 날 때마다 복도를 물걸레질했고 저녁이 되면 하루도 빠짐없이 반성문을 쓰는 사람이었다. 이 사람을 보며 교정·교화의 가능성을 꿈꾸기도 했다.

"결혼은 했어?" 나는 일과 중에 옆에서 보조를 맞추는 그와 자연스럽게 종종 이런저런 이야기를 나눴다. "결혼했죠. 아들이 벌써 초등학생인걸요." 그는 아들의 사진이 들어 있는 사진첩을 보여주기도 했다. "잘생겼네.

아들 생각해서라도 절대 재범해선 안 돼. 항상 반성하는 마음으로 피해자들한테 사죄하는 마음 잊지 말고 살아야 해." "그럼요. 나가면 피해자 분들에게 사죄하고 최대한 보상하면서 열심히 살아보려고 해요."

그는 사기죄로 들어왔다. 여기저기서 돈을 빌려 밑천을 마련해 사업을 시작했지만 운영난이 겹치면서 결국 폐업을 했고, 빌린 돈을 갚지 못해 고소당했다고 했다. "나가서는 무슨 일 하려고 하는데?" 출소 후 취업이 중요했다. 교도소에 있는 동안 경제 활동을 하지 못해 출소 후에 재취업하기가 쉽지 않고, 장기간 경제 활동이 이어지지 않으면 다시 재범을 저지르고 들어오는 경우도 많기 때문이다. "중고차 판매 사원을 할까 해요. 아는 지인이 운영하고 있어서 그 영업점으로 들어가려고요." "그래. 뭐든지 어떻게 하는지가 중요한 법이야." 그는 말없이 고개만 작게 끄덕였다. 나갈 날이 얼마 남지 않아 많이 긴장되는 것 같았다.

그로부터 며칠이 지나고 수용동 도우미의 출소일이 찾아왔다. "나가서 잘 살고, 절대 다시 들어오면 안 돼. 아들 생각해서 착실하게 살아." 그는 이번에도 대답이 없었다.

그가 바깥공기를 마주한 지 한 시간이 채 지나지 않아 새로운 수용동 도우미가 빈자리를 채웠다. 나가는 사람이 있으면 들어오는 사람도 있고, 들어오는 사람이 있으면 나가는 사람도 있는 법이지만 가끔 더러워진 복도를 보다 보면 성실했던 그가 떠오르곤 했다. 이곳은 그렇게 시곗바늘처럼 물 흐르듯 멈추지 않고 돌아갔다.

"나 담배 한 대만 금방 피우고 올게." 온종일 햇빛을 받지 못한 내 몸에 담배를 피운다는 명분으로 햇볕을 쬐어줄 생각이었다. 믹스커피 한 잔을 들고 흡연실로 향했다. 마치 자유를 갈망하는 한 마리의 새처럼 허공을 바라보며 연신 연기를 내뿜고 있던 나의 시야에 새하얀 외제차 한 대가 들어왔다. 그리고 그 외제차에서 내린 사람은 아주 낯익은 얼굴이었다. "어! 너!" 그는 바로 몇 달 전 출소한 그 수용동 도우미였다. 중고차 판매 영업을 할 거라더니 실적이 꽤 괜찮은 모양이었다. 하긴 일 하나는 빠릿빠릿 잘하긴 했지. 잘생기지 않았냐며 자랑하던 그 아들은 잘 크고 있나 궁금했다.

"이야. 차 멋지네. 잘 살고 있는 거야? 아들은 잘 크고 있고?" 내 얘기를 들은 그가 내 눈을 똑바로 바라봤다. 그리고 입에 담배를 물었다. 뭔가 분위기가 낯설었다. "저기, 불 좀 빌립시다?" "어? 아 여기." 그는 담배에 불을 붙이고는 쓰고 있던 선글라스를 벗더니 내 허리춤을 빤히 쳐다보다가 내 발로, 다시 내 얼굴로 시선을 옮겼다. "반말하지 마요. 제가 아직도 여기 구속된 수용자인 줄 압니까?" 그는 더 이상 내가 아는 사람이 아니었다. 문득 출소하기 전에 내 말에 대답하지 않았던 그의 모습이 떠올랐다. 돌이켜보면 출소가 하루하루 다가올수록 말수가 줄어들긴 했다.

"아… 무슨 일로 왔는데요?" 나도 곧바로 사무적인 태도로 대응했다. 다른 방도가 없었다. 이 사람은 이제 민간인이자 민원인이었고 나 같은 공무원은 국민에게 봉사해야 한다는 사실을 나보다 이 사람이 더 잘 알고 있었다. 그리고 그는 그것을 강조했다. "민원인이 여기 올 이유가 뭐 다른 거 있겠어요? 당연히 민원 넣으러 왔지." 그의 오른손엔 정체 모를 서류 뭉치가 잔뜩 들려 있었다. "그럼 고생하시고. 또 고생하시고. 계속 고생하시고." 그렇게 나를 한 번 더 위아래로 훑고선 민원접수실로 들어갔다.

굉장히 불쾌했다. 나도 모르게 그와 어떤 인간적인 유대를 쌓았다고 생각했나 보다. 나와 적대시하던 수용자들이 나를 고소해서 조사에 소환된 것보다 더 기분이 더러웠다. 그의 목적이 이것이었다면 이번엔 제대로 먹혀들었다. 이제는 맷집이 생겼다고 생각했는데 그 땡땡했던 맷집이 터져 다시 진물이 흘러나오고 있었다.

"선배 술 한잔하고 들어가요." 이대로 집에 들어가면 잠이 올 것 같지 않았다. 나는 민원과 선배에게 퇴근 후에 회사 근처 횟집에서 소주 한잔하고 들어가자고 번개를 날렸다. 우리 둘은 조촐하게 마주 앉아 술 한잔을 기울였다. 나는 나대로, 선배는 선배대로 힘든 하루였다. 기분 나쁜 일이 도처에 깔려 있었다.

"아, 그나저나 오늘 네가 관리하던 그 수용동 도우미 민원 넣으러 온 거 알고 있지?" "네. 근데 무슨 민원을 넣으러 온 거예요? 웬 서류 뭉치 잔뜩 들고 왔던데." "너 몰랐어? 난 네가 알고서 오늘 한잔하자고 한 줄 알았는데…." "내용은 몰라요. 도대체 무슨 내용이길래…." 또

불길함이 엄습했다. 이 일을 하면서 직감은 좀처럼 비껴 가지 않았다.

선배에게 자초지종을 들어보니 그는 교도소에서 돌아가는 모든 것에 대한 불만을 A4용지에 적어 왔다고 한다. 계호하기 위해 화장실 칸막이 위쪽을 투명하게 설계해놓은 것, 수용자 파악을 위해 전체 소등을 할 수 없는 것 등이 인권침해 요소라며 교도관들을 고소한다고 했다.

법무부에 따르면 2019년 10월 기준, 수용자에게 고소·고발을 당한 교도관이 1,373명에 이르렀다. 이유는 다양했지만, 방 온도가 마음에 안 든다, 교도관이 눈을 부라린다 등등 '아님 말고' 식이 대부분이었다. 그로 인한 교도관의 스트레스는 짐작 가시리라 생각한다. 수용자의 권리 보호 좋다. 수용자의 인권도 중요하니까. 현재 수용자의 인권 신장을 위해 많은 시도들이 이루어지고 있다. 하지만 모든 인간이 평등하다면 고소·고발 남용과 25시간 근무, 인력난, 폭력과 협박에 시달리는 교도관들의 인권도 동등하게 존중받아야 한다.

"임금님 귀는 당나귀 귀!" 어릴 적 읽었던 동화가 생각난다. 그 동화 속 이발사처럼 나도 대나무숲이 있다면 목에 힘을 주고 크게 외치고 싶다. 교도관과 세상을 연결하는 창구는 어디에 있을까. 이 글이 지금 이 순간, 지쳐 있는 교도관들의 대나무숲이 되었으면 한다.

태양을 피하고 싶어서

교도소 담벼락이 뜨겁게 달궈졌다.

사계절 중 교도소의 여름은 그야말로 고통 중 고통이다. 여기저기 서 있는 나무들도 더위 앞에 고개를 푹 숙였다. 기분 탓일까. 여름에는 유독 신입 수용자들이 줄어드는 것 같다. 범죄자들도 여름은 피해서 범죄를 저지른다는 선배들의 말이 맞는 걸까. 교도소에서 여름 나기는 흉악범죄자도 피해갈 만큼 살인적인 환경이다. 방 한 실에 선풍기 한 대가 전부다. 이외에 별도 냉방 시설은 없으며 요즘 유행하는 휴대용 선풍기나 냉장고 또한 비치되어 있지 않다. "와. 덥긴 진짜 덥다. 숨이 안 쉬어지네.” 엘리베이터에 반사된 내 모습을 보니 근무복이 땀에 흠뻑 젖어 있었다. 엎친 데 덮친 격으로 코로나 때문에 마스크를 써야 하니 콧구멍 안에 덥고 습한 공기가 갇힌 기분이었다.

교도소 생활이 시민들의 최저 빈곤선보다 좋아지면 안 된다는 말이 있다. 성실하게 사는 사람들보다 죄를 짓고 들어온 사람들이 더 쾌적한 환경에서 지내는 것은 적절하지 않기 때문이다. 지금도 밖에서는 여러 가지 사정으로 굶거나 치료를 못 받거나 더위와 추위를 직면으로 맞고 있는, 죄를 짓지 않은 사람들이 존재한다.

여름밤이면 더위가 살짝 물러나는 대신 모기떼가 찾아왔다. 건물이 노후해서인지 모기떼들이 한시도 나를 가만히 놔두질 않았다. “아 이놈의 모기들. 죽여도 죽여도 끝이 없네.” 나는 연신 모기약을 뿌려가며 모기를 잡기 위한 투쟁의 박수를 치고 있었다. 손바닥에 압사된 모기들은 나의 피를 뽑아 먹은 것을 마지막으로 유명을 달리했다. 그래도 모기 덕에 시간은 빨리 가는 것 같다.

“와, 와! 그렇지! 기가 막히네!” “대-한민국! 짝짝짝 짝

짝!" 갑자기 함성과 박수 소리가 수용동 복도 쪽에서 울려왔다. 모기를 잡던 나의 박수 소리와는 결이 달랐다. 뭔가 힘이 실린 응원의 소리. 중간중간 고성도 들렸다. 오늘은 국가대표 축구 평가전이 있는 날이다. 그것도 일본이랑. 내가 있는 담당실엔 TV도 라디오도 없다. 물론 휴대폰도 소지할 수 없다. 다행히도 컴퓨터가 한 대 있지만, 불행히도 인터넷 연결은 안 되어 있다. 이럴 때 내가 할 수 있는 건 수용동을 돌며 외치는 것뿐이다. "정숙하세요! 정숙!"

오늘따라 '정숙'을 외치는 나의 외침엔 분노가 깃들어 있다. 수용자들은 TV 앞에 모여 과자를 먹으며 국가대표 평가전을 보고 있었다. TV 속에서 들려오는 해설가의 목소리에는 사람을 설레게 하는 무언가가 있다. 몇 대 몇일까. 스코어가 궁금했다. 하지만 TV를 보려면 수용자들이 생활하는 창문 밖에 서서 그들이 보고 있는 TV를 엿봐야 했다. 나는 그게 싫었다. 벌을 받으러 온 사람은 내가 아니다. "모두 조용히 시청하세요. 큰 소리가 들리면 조치 취하겠습니다."

다시 담당실로 돌아온 나는 자리에 앉아 내가 잡은 모

기들의 숫자를 세기 시작했다. 하나, 둘, 셋…. 이 직업을 선택하고 습관적으로 머릿수를 세는 이상한 버릇이 생겼다. 그리고 빵을 크게 한입 베어 먹었다. 결국 한일전의 결과는 다음 날 아침에 기사를 보고서야 알 수 있었다.

그렇게 교도소의 여름이 지나가고 가을이 찾아들 무렵, 그가 다시 들어왔다. 그는 이곳에서 '법자'라 불렸다. '법무부가 키운 자식'의 줄임말로, 어릴 때부터 교도소를 자주 들락거린 생계형 범죄자이다. 보통 법자들은 강력범죄를 제외하고 절도, 무전취식, 폭행, 사기 등 다양한 범죄를 저지른다. 타이밍도 꼭 무더위가 한풀 꺾인 초가을 즈음 들어와 다음 해 여름이 다가오기 직전인 늦봄에 출소한다.

그들은 죄명과 죄질에 따라 형량이 어떻게 내려질지 계산했고 교도소가 돌아가는 생리에 빠삭했다. "아이고오~ 교도관님, 제가 돌아왔습니다. 이번엔 7개월짜리로 빠짝 신세 좀 지다 가겠습니다." 죄를 짓고도 뻔뻔한 저 목소리를 듣고 있으려니 짜증이 솟구쳐 올랐다.

범자들은 잊을 만하면 들어오고 잊을 만하면 출소했다. 처음에는 절도, 무전취식, 중고거래 사기 정도의 범죄를 저지르던 사람들이 점점 더 중한 범죄로 돌아오기도 했다. 범죄에 대해 거부감이 없어지고 이곳에서의 생활이 익숙해지니 경각심이 무뎌진 것이다. 교도소화Prisonization라는 사회학 용어가 있다. 구속된 수용자들이 교도소의 문화를 수용하고 동조하여 적응해나가는 과정을 일컫는 말이다. 교도소 생활이 더 이상 그들에게 형벌로써 의미가 없는 것이다.

그러던 중 또 한 명의 익숙한 얼굴이 들어왔다. 그가 처음 절도죄로 이곳에 들어왔을 때 그의 전반적인 수용생활을 담당했던 적이 있다. 하지만 이번에 그의 죄명은 살인이었다. 그는 오랜만에 본 나에게 면담을 요청했다.

"교도관님. 오랜만에 뵙네요. 그냥 제 이야기를 하고 싶어서요. 처음에는 술에 취해 누워 있는 어떤 남자의 뒷주머니에서 지갑을 훔친 죄로 재판을 받고 집행유예를 받았었어요. 그런데 집행유예라는 개념을 잘 몰랐던 저는 안일한 생각으로 다시 한번 절도를 저질렀고 그렇게 첫 징역을 살게 되었어요.

모르겠습니다. 출소하고 나서 취업이 되지 않아 이곳 저곳 떠돌다 보니, 이곳에서의 생활이 그리 나쁘게만 보이진 않았어요. 먹여주고 재워주고 입혀주고 약도 지어주고 아프면 병원도 보내주고…. 노숙 생활을 전전하던 저는 아파도 약을 사 먹을 돈이 없었고 병원에 갈 생각은 엄두도 못 냈으니까요. 그러다 다시 한번 절도를 시도했어요. 여차하면 구속이나 되라 하는 식이었어요. 그런데 그만, 그 사람이 반항하니까 저도 모르게 옆에 있던 벽돌을 들었고… 그렇게 특수강도죄로 들어온 적도 있었죠. 그렇게 몇 년 살고 나와서는 다시 노숙 생활을 하기 시작했어요.

징역을 몇 번 돌다 보니 여름엔 절대 이곳에 들어오면 안 되겠다는 생각이 들었어요. 그래서 저는 최대한 여름은 피해서 편의점에서 맥주를 훔치거나 그랬는데 이제는 이렇게 사람까지… 어떻게 보면 점점 범죄에 대해 무뎌졌던 거 같아요." 그의 고백을 들을수록 마음이 거북하고 무거워졌다.

구금의 목적은 무엇일까? 범죄 행위에 상응하는 형벌을 가하는 것? 아니면 범죄자를 사회에서 격리해 사회의 안전을 유지하며 아울러 범죄자 교화와 재범 예방에 힘쓰는 것? 교도관인 나의 역할에 대해서도 다시 한번 생각하게 된다.

수용자들은 교도소에 처음 수감될 때 세상으로부터 단절되고 기본적인 자유조차 빼앗긴다는 박탈감을 느낀다. 하지만 어느 순간 교도소 안이 교도소 밖보다 더 나을 수도 있겠다는 생각이 들 때, 그들은 범죄 행위를 두려워하지 않게 된다. 이때 자신이 지은 죄를 죄로 생각할 수 있을까?

처벌을 위한 장기간의 구금은 수용자들의 교도소화를 촉진하고, 훗날 사회로 돌아갔을 때 사회에 잘 적응하지 못하게 한다. 그럼 또다시 타인과 사회에 죄를 저지르고 구속되는 일로 이어질 수 있기 때문에 무조건적인 구금은 옳지 않다. 구속 기간 동안 단순 구금에 그치지 않는 더 효과적인 처벌이나 집중적인 교육과 치료를 수반해야 기간의 길고 짧음에서 끝나버리는 구금의 단점을 보완할 수 있지 않을까.

오늘도 강력 처벌을 원하는 시민들과 재범을 방지하기 위한 제도상의 한계는 서로 부딪힌다. 그리고 간혹 피해를 본 개인의 아픔에는 눈을 감고 단체를 위한 제도가 우선시될 때, 나의 마음은 고장 난 가전제품처럼 전원이 꺼져버린다. 그렇게 나의 하루는 삐거덕 소리를 내며 내일로 걸어가고 있다.

인권침해자의 인권 보호

산 넘어 산.

이 한마디로 나의 출퇴근길을 정리할 수 있다. 수용시설은 외부와 격리되어 있기 때문에 산중에 있는 경우가 많다. 집에서 한 시간 남짓 걸리기 때문에 자차를 이용할 때면 차에 시동을 걸자마자 라디오를 켠다.

이 지역에서 또 아동이 사망하는 일이 발생했습니다. 사망 당시 피해 아동의 종아리와 어깨에서 외부 충격으로 인한 타박상과 골절을 확인하였고….

아동학대치사 사건이었다. 오늘 아침, 현관문에서 아빠를 배웅해주던 우리 아이가 생각났다. 토끼 애착인형을 좀처럼 손에서 놓지 못하는 아이는 요즘 들어 더 아빠의 출근을 서운해하는 눈치였다. 아직 저렇게나 의지할 대상이 필요한 아이들인데, 피해 아동은 자신이 아빠라고 불렀던 사람에게 돌이킬 수 없는 상처를 입었다. 라디오를 들으면서 몇 번이나 눈물을 훔쳤는지 모른다. 저런 쳐죽일 놈들.

우리 교도소에도 아동학대를 저질러 수감된 사람들이 있다. 간혹 언론에 보도될 만큼 끔찍한 아동학대범들을 마주하러 가는 길에는 마음이 더 복잡해진다. 나는 수용자들의 반성을 이끌어내고 교화해 사회로 복귀시키는 재생의 역할을 해야 한다. 하지만 이런 일들 앞에선 나도 평정심을 유지하기 어려웠다. 아직 말도 제대로 못 하는 아기가 울었다고 때리고, 맞으면서도 부모의 품을 찾는 아이를 죽인 사람들도 과연 용서를 받을 수 있을까? 그 용서는 누가 하는 걸까? 주차장 과속방지턱에 걸려 백미러에 걸어놓은 십자가가 양옆으로 강하게 흔들렸다.

차에서 내려 깊은숨을 들이마시고 교도소 정문에 들어섰다. 회색 콘크리트 벽으로 사방이 막혀 있는 이 공간. 차가운 공기가 몸을 감싸는 오묘한 느낌은 몇 년이 지나도 익숙해지지 않았다.

나는 탈의실로 들어와 내 이름이 적힌 캐비닛에서 근무복을 꺼내 들었다. 푸른 제복 왼쪽 어깨엔 '교정'이라는 단어가 적혀 있다. 바로잡을 교矯, 바를 정正. 잘못된 것을 바로잡는다는 뜻이다. 삐뚤어진 치아도 아니고 틀어진 창문틀도 아니고, 사람의 품성이나 행동을 바로 잡는 일을 말한다. 근무복으로 갈아입고 휴대폰 배경화면 속 잠자리채를 들고 웃고 있는 아이의 사진을 바라봤다. 오늘따라 명치에 아령 하나를 올려놓은 것처럼 마음 한편이 무거웠다.

아직 형이 확정되지 않은 구치소의 미결수용자들은 구속된 상태에서 형이 확정될 때까지 재판을 받게 된다. 오늘 내가 맡은 업무는 수용자들을 검찰청이나 법원으로 데리고 나가는 출정 업무다. 외부로 나가는 만큼 혹시 모를 도주를 막기 위해 평소보다 더욱 긴장해야 하고, 외부인과의 접촉 과정에서 폭행이 일어나거나 공범 간의 증거인멸을 시도할 수 있기 때문에 수용자들에게 침묵과 질서를 강조했다.

하지만 따로 격리되어 있던 100여 명의 수용자가 한자리에 모이자 자기 존재감을 드러내고 싶어 하는 이들이 목소리를 내기 시작했다. 여러 차례 교도관의 경고에도 불구하고 그들은 옆 사람과 수군대거나 의미 없는 소리를 질러댔다. 나는 다시 한번 정숙하게 대기하라는 말을 전했다. 그때 한 수용자가 옆 사람과 킥킥거리며 나에게 조소를 날렸다. 순간 겨우 붙잡고 있던 이성의 끈이 끊겨 나갔다. 나는 그가 누구인지 알고 있다. 아직 걸음마도 떼지 못한 친아들을 무참히 폭행해 사망에 이르게 한 아동학대치사범이었다.

"조용히 하세요!" 도저히 참을 수가 없었다. 내 입에서 격앙된 목소리가 터져 나왔다. 순간 침묵이 흘렀고 나를 노려보던 그는 왜 큰 소리를 내냐며 소리를 질렀다. 그러자 여기저기서 들려오는 키득거리는 소리. 포승줄에 묶여 있던 주변 수용자들도 동요하기 시작했다. 온몸에 흐르는 피가 전부 얼굴로 쏠려 금방이라도 모공에서 뜨거운 피가 솟구칠 것 같은 느낌이 들었다. 바닥이 빙글 한 번 돌더니 결국 속이 울렁거렸다. “자네가 참아. 일 커져봐야 좋을 거 하나도 없어.” 옆에 있던 선배가 둘 사이를 가로막아 서며 말했다. “당신도 계속 소란 일으키면 조사수용 할 수 있습니다. 조용히 하세요.” 뒤에서 지켜보시던 팀장님이 중재에 나서면서 상황은 일단락되었다.

다시 교도소로 돌아가는 길, 그 수용자는 나를 인권위원회에 신고한다고 했다. 내가 눈을 부라리며 자기에게 소리쳤다는 이유에서였다. 그리고 나는 일주일 후 진짜 인권위원회에 회부되었다.

인권위원회 위원들이 조사를 마치고 돌아가자 옆에 있던 팀장님이 주머니에 손을 꽂으며 말했다. “자네 말이야. 너무 어깨에 힘이 들어가 있어. 화가 나는 건 알겠지만 무조건 윽박지른다고 해서 될 일이 아니야. 이 일이란 게.” 팀장님은 내 계급장을 한 번 쳐다보더니 말을 이어갔다. “이제 막 들어와서 잘 모르나 본데, 이 일은 융통성이라는 게 중요해. 유.도.리.” 내가 기대했던 것과는 다른 대답이 돌아왔다. '많이 놀랐지? 다친 데는 없고?' 나는 이런 대답을 기대했던 것일까. 하긴 이곳은 강력범을 다루는 곳이다. 나는 좀 더 강하고 차분해질 필요가 있었다. 그렇다고 해서 분이 풀리는 건 아니었지만.

"위원들이 뭐래? 내가 마저 순찰할 테니깐 잠깐 앉아서 좀 쉬어." 근무지로 돌아오자 같이 나갔던 선배가 나를 측은하게 바라봤다. 자기도 이런 일을 한두 번 겪은 게 아니라며, 익숙해져야 한다고 위로했다. 위원회에서는 신고가 접수되면 조사를 나와야 했다. 사실 그들도 그저 자신들의 일을 한 것 뿐이었다.

"선배. 근데 너무 아이러니 아니에요? 타인의 인권뿐만 아니라 심지어 생명까지 앗아간 사람들이 자신의 인권을 침해당한다고 이렇게까지 한다는 게?" 난 이마에 핏대를 세우며 애꿎은 담당실 책상을 손바닥으로 내리쳤다. 간혹 타인의 목숨까지 앗아간 사람들이 본인의 옅은 타박상에는 바닥을 구르며 죽는시늉을 할 땐 그 꼴을 보는 것만으로 화가 치솟았다. "도 닦는다고 생각해… 사리가 나올 정도로. 안 그러면 네 마음만 더 힘들어져." 선배는 체념한 표정으로 내 어깨에 손을 올렸다. "그래도 말이야. 이곳에서 정말 변화돼서 나가는 사람들도 있어. 진심으로 반성하고 피해자들에게 용서를 구하는 사람들을 보고 있으면 희망을 아예 버릴 순 없어." 사실 당시에는 선배의 말이 전혀 마음에 와닿지 않았었다.

그날 저녁, 퇴근하여 집 문을 열고 들어가니 아내와 아이가 케이크와 꽃다발을 들고 나를 맞이해줬다. "여보 서프라이즈~!" "아빠! 생일 축하해요!" 아 맞다. 오늘 내 생일이었지. 온종일 정신없이 이리저리 불려 다니다 보니 내 생일인 것도 깜빡 잊었었다. "아빠한테 뽀뽀!" 아이는 함박웃음을 지으면서 다다닥 나에게 뛰어와 안겼다. 그리고 내 볼에 뽀뽀 세례를 해줬다. 이 맛에 산다. 우리는 케이크에 초를 꽂고 가족사진을 찍었다. 그렇게 푸석했던 내 하루가 가족의 품에서 희석되고 있다.

다음 날 출근길. 습관적으로 휴대폰을 보다가 한 포털사이트에서 퍼다 나른 법무부의 보도자료*에 시선이

* 『제1차 형의 집행 및 수용자 처우에 관한 기본계획』

멈췄다.

정부는 수용자의 인권 향상을 위해 노력해왔지만, 국민의 시각에서는 수용자의 인권 보호가 아직 미흡한 것으로 판단된다. 교정 시설에서 수용자 인권을 최대한 보장하겠다며 인권 중심의 수용 환경을 구축하고 교정공무원의 인권감수성이 국민의 눈높이에 미치지 못한다는 지적이 있으므로….

교정공무원의 인권감수성이 부족했다니. 교도소에 도착한 나는 사무실에 비치된『인권감수성 교육』이라는 책자를 집어 들었다. 내 마음이 무거운 이유는 내 인권감수성이 국민의 눈높이에 미치지 못했기 때문일까. 아니면 다른 이유 때문이었을까.

죄를 미워하되 사람은 미워하지 말라.

죄를 미워하는 것과 사람을 미워하는 것을 따로 분리해 생각할 수 있을까? 아니, 가능할까를 떠나서 과연 맞는 일일까? 당시 나는 확실히 그 부분에 대해 정립하지 못했다. 다만 인권人權이라는 개념이 사람에게 부여되는 권리인 만큼, 죄에 대한 형벌 또한 사람에게 부여되는 책임이라는 것을 분명하게 짚고 넘어가야겠다.

신에게 용서할 권리는 없다

영국의 시인 알렉산더 포프Alexander Pope는 이런 말을 남겼다.

To err is human, to forgive, divine.

실수는 인간의 일이고, 용서는 신의 일이다.

2007년에 개봉한 영화 〈밀양〉에 교도소 면회 장면이 나온다. 극 중 끔찍한 범죄로 아들을 잃었지만 피해 아동의 엄마는 가해자에게 용서의 말을 전해주기 위해 교도소로 면회를 간다. 하지만 가해자는 이미 자신은 신께 회개하고 용서를 받아서 마음이 편하다는 말을 전한다. 나는 아직 용서하지 않았는데 제3의 누군가에게 이미 용서를 받아서 마음이 편안하다는 가해자의 말을 들은 피해 아동의 엄마 표정이 클로즈업되고 다음 장면으로 넘어간다.

이와 비슷한 상황은 실제 재판장에서도 볼 수 있었다. "피고인들의 나이가 어려 미래를 기대할 수 있는 점, 진심으로 반성하고 있는 점, 앞으로는 학업에 충실하겠다는 반성문과 탄원서를 제출하고 있는 점을 들어 선고합니다." '나이가 어려 장래를 기대'할 수 있다는 이유만으로 가해자들은 3~5년형을 선고받았다. 가해자들보다 더 어리고 장래가 밝았던 자식을 잃은 부모는 방청석에서 피 끓는 울분을 토하다 법정경위의 제재를 받아 법정 밖으로 쫓겨났다.

교도소에는 피해자에게 용서를 받아야 함에도, 또 피해자가 용서를 기다리고 있음에도 불구하고 침묵으로 일관하는 가해자들이 있다. 피해자 탓만 하고 전혀 반성하지 않는 자들과 마주 보고 대화를 나누다 보면 내 마음에도 어두침침한 그늘이 드리운다. 용서가 신의 일이라면, 신은 이 사람을 용서할까? 피해를 받은 것은 사람인데.

어느 날, 야간 순찰을 하는데 한 수용자가 바닥에 납작 엎드려 엉엉 울고 있었다. "무슨 일 있어요? 일어나서 얼굴 보여주세요." 혹시나 수용실 내에서 폭행 사건이 일어난 것은 아닌지 염려됐다. 그 수용자는 고개를 들어 눈물을 닦고는 편지 한 통을 읽어보라며 나에게 건넸다. 편지 첫 줄에는 이렇게 적혀 있었다.

> 당신을 용서합니다. 드디어 당신을 용서할 수 있어서 오히려 제가 축복을 받은 거 같네요. 그리고 새로 태어난 기분입니다.

나에게 편지를 건넨 수용자는 숨쉬기 힘들 정도로 한참을 오열했다. 그는 몇 년 전 사소한 시비 끝에 둔기로 피해자를 폭행해 평생 걸을 수 없는 장애를 안겼었다. 하지만 피해자는 진심으로 이 사람을 용서했다. 그 수용자는 평소에도 피해자에게 용서를 구해야 한다는 말을 자주 했었다. 수용자는 진심으로 용서를 빌었고 결국 용서를 받았다. 그 장면을 목격하며 그동안 교도소에서 뒤틀려왔던 가치관이 다시 조금씩 움직이기 시작했다. 내 그릇을 넘어서는 장면이었다. 용서의 힘은 실로 대단했다.

취침 시간에 순찰하며 그의 방을 들여다보면 그는 매일 밤 흐느끼며 피해자에게 감사의 편지를 쓰고 있었다. 그때 알았다. 가해자의 교화는 재판장에서도, 교정 시설에서도 이뤄지는 것이 아니다. 우리는 그저 보조 수단일 뿐, 결국은 피해자의 자발적인 용서만이 그들을 변화시킬 수 있다.

하지만 형사법의 주체는 검사와 피고인, 그리고 재판부로 지정되어 있다. 판사와 검사와 피고인이 주체적인 자격을 가지고 피해에 대한 재판을 진행한다. 물론 피해자도 재판에 참석해 의견을 피력할 순 있지만 결과적으로 피고인과 검사와 재판부가 주도적으로 이 사건을 이끌어나간다. 그러나 회복주의 원칙상, 피해자와 지역 사회는 형사 절차에서 핵심적 위치를 차지하며 형사사법의 최우선 고려사항은 피해자를 지원하는 것이다. 그러니 용서는 재판부에 청하는 것도 아니고 검사에게 구하는 것도 아니다. 용서는 피해자에게 받아야 한다.

“피해자한테 반성문 쓰고 있어요?” 바닥에 엎드린 채 골똘히 생각하며 반성문을 쓰고 있는 한 수용자에게 물었다. “아니요. 판사님한테 쓰고 있는데요. 판사님이 선처해주셔야 빨리 나가죠.” 아직 갈 길이 멀다. 그들은 용서받을 수 있을까? 종교도, 재판부도 아닌 바로 피해자들에게 말이다.

이웃 사람

정의 실현이란 과연 무엇일까.

어릴 적 나는 형사가 나오는 영화를 좋아했다. 영화와 드라마에서 나오는 경찰은 고군분투 끝에 범죄자를 검거하고 법의 철퇴를 맞게 하는 멋들어진 모습이었다. 웅장한 효과음과 함께 범죄자가 이 세상으로부터 완전히 지워지고, 다시 평화로운 세상이 찾아오면서 영화는 끝난다. 나는 그것이 정의 실현이라고 생각했다.

하지만 우리가 살아가는 현실에는 '엔딩'이 없다. 경찰이 잡아간 범죄자는 이 세상에서 지워진 듯했지만, 얼마간의 시간이 지나면 다시 사회로 돌아와 평화를 깨뜨렸다. 정부에서는 성범죄를 저지른 출소자들의 동선을 감시할 수 있는 전자장치 착용과 성범죄자 알림e라는 앱을 만들어 재범 방지에 힘썼다. 하지만 뉴스에서는 하루가 멀다고 그들이 다시 범죄를 저질렀다는 소식이 들려왔다. 그리고 그들은 생각보다 우리와 꽤 가까운 곳에 있었다. 물론 이 글을 읽고 있는 여러분의 주변에도….

또 이 지역에서 끔찍한 범죄가 일어났습니다. 늦은 시각, 집으로 돌아가는 여성을… 전자발찌를 훼손하고 잠적한 그 사람은 최근 출소한 것으로 밝혀졌습니다.

오늘도 무거운 표정으로 끔찍한 소식을 전하는 앵커의 목소리가 거실 TV에서 흘러나왔다. "여보, 우리 동네에도 성범죄자들이 살고 있을까?" 아내는 소파에 앉아 무거운 표정으로 뉴스를 보면서 내게 물었다. "글쎄, 어디든 있을 수 있지. 성범죄자 알림e 앱 깔아서 한번 봐볼까?" 나는 앱을 깔고 간단한 인증 절차를 거친 후 주변 검색을 눌렀다.

이름 ○○○

나이 ○○세

거주지 ○○도 ○○시 ○○로 ○○

앱에는 출소한 성범죄자들의 인적 사항과 사진이 함께 기재되어 있었다. "히익, 우리 바로 옆 아파트잖아!" 아내는 잔뜩 겁먹은 표정으로 사진 속 얼굴을 유심히 쳐다봤다. 나는 수감자들의 인적 사항을 열람할 수 있는 권한이 있었기 때문에 우리 지역에 거주하고 있는 사람들이 구속되어 들어오는 경우를 종종 봐왔다. 물론 성범죄 말고도 사기, 강도 등 우리 지역에서 벌어지는 범죄들은 다양했다. 그건 어떤 특정 지역에 국한되는 이야기가 아니라 전국 어디에도 예외는 없다. 시민들은 성범죄 등 강력범죄 외에는 개인정보보호라는 명목 아래 그들이 출소 후 어디에 살고 있는지는 알 수 없지만 말이다.

"그러니까 항상 조심해야 해. 밤늦게 돌아다니면 위험하다고 괜히 여러 번 말하는 게 아니야." 이 일을 하면서 나한테도 직업병이 생겼다. 지금은 조금 무뎌졌지만, 초반에는 내가 출근하고 집을 비운 낮에는 창문을 열고

환기하는 것도 자제했었다. 거실과 방에는 홈CCTV를 설치했고 현관 안전걸이에 보조키도 설치했다. 퇴근하고 현관에 들어설 때면 주변을 살피고 도어락을 누르는 버릇도 생겼다. "다른 동네로 이사를 간다고 해도 범죄 없는 곳은 없어. 억울하고 불편하지만 같이 섞여 살아가는 수밖에 없는 현실이라 참 안타깝지." 현실이 그랬다. '죄를 지은 자에게 돌을 던져라!'라고 할 수도 없는 노릇이었다.

"자. 복잡한 얘기들은 그만하고, 밥도 다 먹었는데 집 앞 산책로나 한번 쓱 걷고 오자고." 날씨가 선선해져 아내와 식사 후에 한 시간씩 집 앞 산책로를 걷는 것이 하루의 낙이었다. 가을 하늘은 참으로 아름다웠다. 하루 중 대부분을 밀폐된 공간에서 보내다 보니 가끔 외출이라도 하면 나도 모르게 하늘을 바라보다 쾌감을 느꼈다. 그때였다.

"어? 안녕하세요. 저 기억 안 나세요?" 가을 하늘을 만끽하고 있는 나에게 정체 모를 한 남성이 갑작스레 말을 걸었다. "누구시죠?" "섭섭하네. 전 교도관님이 아직도 생생하게 기억나는데. 저에게 했던 말과 행동 모두." 직감적으로 이 사람이 출소자라는 걸 알게 됐다. "이야. 아내분도 참 미인이시네요." 아내도 이 사람이 풍겨오는 분위기에 본능적으로 팔짱을 끼고 있던 내 팔을 세게 잡아당겼다. 나는 뭐라고 대답을 해야 할지 도저히 판단이 안 돼서 웅얼웅얼 말꼬리를 흘렸다.

교도소 안이라면 지시와 명령조, 큰 소리로 얘기하겠지만 이 사람은 이제 민간인이었다. 그동안 몇 번 출소자들을 사회에서 우연히 만난 적이 있다. 원활하게 사회에 복귀해서 평범한 사회 구성원으로 열심히 살아가는 사람도 있었고, 장기간의 구금 생활로 인해 사회에 적응하지 못해 다시 구속 수순을 밟는 사람도 있었다. 죄를 짓고 법의 판결을 받은 사람들이 다시 우리 사회로 돌아온다는 말은 여러분과 나, 그리고 우리 가족의 주변으로 돌아올 수도 있다는 말이다.

생각에 잠겨 걷다 보니 어느새 집에 금방 도착했다. "여보…." 집으로 돌아온 아내가 어두운 표정으로 나를 바라봤다. "저 얼굴… 그 사람은 아니겠지?" "누구?" "아까 우리가 사진으로 봤던 그 성폭행범!"

성범죄처럼 재범률이 높은 범죄를 저지른 수용자들을 대상으로 시행하는 치료와 교육이 얼마나 중요한지 새삼 느꼈다. 하지만 전국 50여 개가 조금 넘는 교정 시설에 심리치료센터가 설치된 기관은 반의반도 되지 않는다. 나는 그저 방금 만난 그 사람이 부디 치료 시설이 마련된 교도소에서 적절한 교육과 제대로 된 치료를 받고 나왔기를 기도할 수밖에 없었다.

누군가는 기억해주면 좋겠다. 부족한 예산과 인력난 속에서도 어떻게든 교육과 치료를 이어가려는 교도관의 노력을, 그리고 형기를 마친 사람들은 결국 우리의 사회로 돌아온다는 사실을.

수영하면서 담배 피우기

"회사가 너무 감옥 같아요."

오랜만에 만난 대학 후배가 직장 생활에 대한 고충을 호소했다. 후배의 얼굴에서 활기라고는 찾아볼 수 없다. 푸석한 피부, 충혈된 눈, 구겨진 와이셔츠에서 자신을 돌볼 여유가 없다는 게 느껴졌다. 업무량의 많고 적음을 떠나서 정신적, 신체적 피로감과 무기력증을 호소하는 직장인의 이야기는 이제 남 일 같지 않다. "감옥에서 일하는 기분은 내가 제일 잘 알지." 회사가 진짜 감옥인 나라고 다를 건 없었다. 후배가 자신의 허벅지를 탁 내리친다. 잠시 내가 일하는 곳이 어딘지 잊었던 모양이다. 교도소는 시대와 사람에 따라 여러 이름으로 불려왔다. 교도소, 감옥, 감방, 가막소, 영창, 철창, 징역 등등. 하지만 어떤 이름을 입에 담아도 어감이 그리 상쾌하진 않다.

이곳은 여러 명의 인생이 눈물을 흘리고 또 고통에 몸부림치는 공간이다. 그들의 구겨지고 뒤틀리고 휘어져 날 선 부분들을 바로 잡아야 하는 교도관의 마음에는 피와 진물이 흘러나왔다. 휘어진 부분이 바로 펴질 땐 보람도 있었다. 물론 그 배로 회의감을 느껴야 했지만.

"선배는 처음 교도관 됐을 때 뭐가 제일 어려웠어요?" 후배는 담배에 불을 붙이며 대답하기 어려운 부분을 물었다. 제일 어려웠던 점이라. "너 혹시 수영하면서 담배 피울 수 있어?" "네?" 후배는 뭔 뚱딴지같은 소리를 하냐면서 나에게 담배 한 개비를 건네주었다. 이놈의 담배. 끊으리라 몇 번이나 다짐했지만, 이 일을 하는 한 쉽게 끊지 못할 것 같다. "그럼 잠자면서 밥을 먹는 일은? 또… 불을 꺼트리지 않고 성냥에 물을 부을 수 있어?" "자꾸 무슨 말도 안 되는 소리를 하세요. 성냥에 물을 부었는데 어떻게 불이 안 꺼지고 그대로 있어요." "어렵지? 그게 내가 하는 일에서 가장 어려운 점이야." 후배는 이 선배가 드디어 미쳤구나 하는 표정으로 나를 바라봤다.

"무슨 소리냐면. 자, 어떤 사람이 죄를 지었어. 당연히 처벌을 받아야 해. 하지만 그 사람을 미워하면 안 돼. 무고한 사람을 해치고 들어온 사람이지만 이 사람의 말을 공감하고 경청해야 해. 공격적이고 폭력적인 사람들을 모아둔 곳이라서 24시간 365일 엄격하게 질서를 잡고 사고를 예방해야 하고. 하지만 부드럽고 온정을 담아서 그들을 상대해야 해. 실수 없이 제압하는 강한 집행자이면서 차분하고 담담한 상담자가 되어야 하는 게 바로… 됐다. 말하는 내가 다 헷갈린다. 휴." 후배는 내 말이 다 끝나기도 전에 입을 열었다. "말이 쉽지. 그게 가능해요? 그랬으면 학교에서 선생님 말씀부터 잘 들었겠죠. 그게 통제가 안 돼서 위법까지 저지르는 건데…."

후배는 얼굴이 벌겋게 상기되어 있었다. 교도관이 아닌 후배에게까지 죄의 용서와 사랑을 강요하는 건 또 하나의 폭력이라고 생각했다. "하지만 국가기관에 소속된 교도관은 그게 업무야. 형 집행과 교화. 그래서 내가 아까 불을 꺼트리지 않고 물을 부을 수 있냐고 물어본 거야.” “교도관이 무슨 신이에요? 형벌을 집행하면서 가족처럼 품어주라니… 이제야 선배 말이 무슨 뜻인지 알겠네요.”

나에겐 후배를 설득시킬 재간이 없다. 나도 교도관으로 임용되고 지금까지 이 부분이 가장 어렵다. 역할 갈등. 그리고 이런 갈등 상황은 내 안에서 격렬하게 부딪쳤고 결국 내 마음속에도 출혈이 일어났다. 상담심리학을 전공한 나에겐 '소진'이라는 단어가 익숙하다. 사람의 마음에 접근하는 하이터치 영역의 일은 매우 복잡하고 어렵다. 마음이란 게 눈으로 보이고 만져지는 것이 아니기 때문에 모호한 부분이 많다. 또 대화 상대의 부정적인 감정은 주변으로 쉽게 전이돼서 사람을 상대하는 직업을 가진 사람들은 심적 탈진과 소진을 경험할 수밖에 없다. 내 직장은 교도소다. 그리고 내가 대화하는 사람들의 마음은….

“발소리 시끄러우니깐 살살 좀 지나가세요!” 취침 시간이 지나고 순찰 업무를 하는 내게 한 남자가 소리쳤다. "인원수 파악해야 하니깐 큰 소리 내지 마세요. 다른 사람들 다 깨겠어요." "잠은 교도관 당신 발소리 때문에 깨!" 이 상황을 어떻게 해야 할까. 이 사람은 형벌을 받으러 구속된 사람이다. 근무자의 정당한 지시에 불응하는 수용자에게 나는 어떻게 다가가야 할까. 공무집행 방해? 처벌만이 능사가 아니라는 것쯤은 나도 알고 있다. 그렇다면 친절하게 그 자리에 서서 교도관 직무 규칙 중 '순찰' 부분에 대하여 몇 조 몇 항 근거를 대가며 이해할 수 있도록 설명해줘야 할까.

컴퓨터 IT용어 중에 '교착상태'라는 말이 있다.

한정된 자원을 여러 곳에서 사용하려고 할 때 모두 작업 수행을 할 수 없어 결국 아무것도 하지 못하게 되는 상태.

교착상태에 놓인 교도관은 '유.도.리'라는 사명을 안고 현장에 던져진다. 가끔 교도소 안의 시간은 멈춰 있는 것처럼 느껴진다. 어찌 보면 나는 지금 이 상태에 머물러 있는지도 모르겠다. 간혹 내 마음속 계기판엔 이런 문구가 뜨곤 한다.

프로그램이 응답하지 않습니다.

브레이크와 액셀을 동시에 밟아 과열된 엔진이지만, 어떻게든 목적지로는 가야 하는 여정에서 나는 잠시 시동을 끄고 정비소에 한번 들러야겠다고 생각했다.

3장

사람 사는 집

어느 교도관의 기도

이 계단을 올라가면 단상이 하나 있다.

짙은 갈색 원목으로 만들어진 단상에는 소형 스탠드 마이크가 있고 뒤로는 무궁화가 걸려 있다. 그리고 그 무궁화에는 '법원'이라는 글자가 새겨져 있다. 교도소에는 수용자 관리·감독 업무 외에 법원, 검찰청 등 외부로 나가는 출정 업무와 내부에서 진행하는 각종 종교 집회 업무가 있다.

법원과 예배당은 분위기가 많이 닮았다. 두 곳 다 벽, 책상, 의자 등 대부분의 사물이 철제나 알루미늄이 아닌 나무로 만들어졌다. 공간 자체가 주는 고요한 분위기는 누가 시키지 않아도 사람들을 자연스럽게 침묵시켰고, 두 손을 가지런히 모으게 했다. 법원에서는 판결을 위한 기도를, 예배당에서는 각자의 희망을 위해 기도했다. 그리고 오늘 나의 근무지는 '법원'이라는 글자 대신 십자가가 걸린 곳이다.

"모두 일어나십시오." 예배당에 모인 수용자들은 모두 일어나서 찬송가를 합창했다. 몇몇 사람들은 눈물을 훔쳤고 몇몇 사람들은 장난스러운 표정으로 입을 크게 벌리며 찬송가를 따라 불렀다. 예배 시간에는 수녀, 스님, 목사 등 외부 민간인들이 교도소 안으로 들어오기 때문에 폭행이나 부정물품 반입 등 교정 질서를 해칠 우려 상황들을 방지하기 위해 교도관도 모든 종교 집회에 참석한다. 천주교 미사에서, 불교 법회에서, 개신교 예배에서 나는 어느 순간 같이 두 손을 모았다.

"나갈 때 떡 하나씩 들고 가세요." 예배가 끝나고 대강당을 나가는 길에 수용자들은 사회복귀과에서 준비한 시루떡을 한 점씩 받아 갔다. 그때 낯익은 한 수용자가 떡을 집어 들었다. "잠깐, 저번에 불교 집회에도 나오지 앉았었나요?" 저번 불교 법회에서도 봤던 사람이다. 생각해보니 천주교 미사에도 참석했었다. "네. 뭐 문제 있나요?" 간혹 콧바람이나 쐬자는 생각으로 종교 집회에 참석하는 사람들이 있다. 집회가 끝나면 빵이나 과일 등 간식도 나눠주니 일석이조였다.

[형의 집행 및 수용자의 처우에 관한 법률 제45조]에 따라 수용자는 교정 시설 안에서 실시하는 종교의식 또는 행사에 참석할 수 있으며, 개별적인 종교 상담을 받을 수 있다. 하지만 수용자가 원한다고 하여 종교 집회 참석을 무제한으로 허용한다면, 효율적인 수형 관리와 계호에 어려움이 발생하고, 진정으로 그 종파를 신봉하는 다른 수용자가 종교 집회에 참석하지 못하게 되는 결과를 초래한다는 법원 판례가 있다. 아무래도 교도소 내부에서 진행하는 만큼 공간과 관리 인력이 한정적이니 참석 무제한 허용은 물리적으로도 불가능하다.

신과 종교의 존재는 교도소 수용자들에게 어떤 의미일까. 한 선배님께서 문맹 수용자에게 한글을 가르쳐주는 모습을 본 적이 있다. 얼마 후, 그 수용자는 삐뚤빼뚤

한 글씨로 편지를 써서 선배님에게 전해줬다.

교도관님, 고맙습니다.

선배님은 몇 년이 지난 지금도 그 종이를 가지고 계신다. 그 수용자가 한글을 배우려는 이유는 성경을 필사하기 위해서였다. 한 글자 한 글자 정성껏 꾹꾹 눌러 쓴 수만 자의 필사 노트를 보면서 나도 모르게 감탄사를 내뱉었었다. 신의 존재 여부를 여기서 논할 것은 아니다. 하지만 종교와 기도는 확실히 수용자들의 마음을 긍정적으로 변화시키고 있었다.

예전에 잠시 사회복지 관련 외부 교육을 받은 적이 있다. 교육생 중에는 천주교 수녀님이 계셨다. 교육 종강날, 수녀님은 나의 손을 붙잡고는 이렇게 말씀하셨다. "교도관님의 일은 어찌 보면 주님의 일과 많이 닮았습니다. 힘드시겠지만 길을 잃은 사람들을 잘 인도해주세요." 내 그릇에 넘치는 말이었다. 수녀님의 말씀에 나는 어색한 표정으로 인사한 뒤 자리를 빠져나왔다.

신의 일이라…. 하지만 나는 여전히 타인에게 돌이킬

수 없는 상처를 안긴 사람들을 '길 잃은 양'으로 보는 시선에 심한 거부감이 든다. 예전에는 교도소에서 갱생更生이라는 단어를 쉽게 볼 수 있었다. 마음이나 생활 태도를 바로잡아 본디의 옳은 생활로 되돌아가거나 발전된 생활로 나아간다는 사전적 의미를 담고 있다. 나는 신의 업무까지는 잘 모르겠다. 수용자들이 이 안에서 변화하지 않고 다시 사회로 돌아간다면 2차, 3차 범죄로 이어질 가능성이 높기 때문에 가르치고, 치료하고, 상담하는 것뿐이다. 내가 뭔데 감히 그들을 용서할 것이며, 그들을 사랑으로 품어준다는 것도 내가 할 수 없는 일이다.

난 그들을 사랑하지 않는다. 그저 교정공무원으로서 수용자들이 다시 올바른 길을 찾아 살아갈 수 있도록 마음속 깊은 곳에 있을지 모르는 선善을 끄집어내기 위해 노력할 뿐이다. 사실 그것만으로도 나에겐 버거운 일이라 가치관이 수백 번 뒤틀리는 경험이지만. 베토벤의 유일한 오페라 〈피델리오Fidelio〉에 이런 구절이 있다.

Gott Welch' dunkel hier!

신이시여, 이곳은 너무도 어둡습니다!

교도소의 모든 등이 환히 켜져 있을 때도 내가 체감하는 분위기는 어둡다. 내 마음이 아직 완전히 열리지 않아서일까. 하지만 더 이상 의지할 곳 없는 수용자들이 종교에 의지해서라도 변화할 수 있다면, 종교의 힘을 믿어보고 싶다. 그리고 가장 낮고 어두운 이곳을 밝게 비춰주는 교도관 선후배님들에게도 환한 은총이 내려왔으면 한다. 잠시 두 손을 모아본다.

어느 교도관의 기도

신이시여.
세상과 단절된 철창 안에 귀 기울여
분노와 통곡의 소리를 들어주시옵소서.

이곳은 너무 어둡습니다.
깊고 어두운 길에 등대의 모습으로 우뚝 서서
푸른 제복을 입은 이들의 걸음을 환히 비춰주소서.

돌이킬 수 없는 상처를 입은 영혼을 어루만져주시고

다시는 고귀한 생명을 앗아가는 악이 반복되지 않도록
제가 포기하지 않고 어둠에 손을 내밀 용기를 주소서.

차가운 철창 안에서 온기를 심는 사람들,
누군가의 아버지이자 어머니, 누군가의 딸과 아들인
우리가 이 세상 끝에서
무사히 가족의 품으로 돌아갈 수 있도록 지켜주소서.

회색 교도소

너무 열악하다.

교도소를 처음 본 사람들은 하나같이 이렇게 말한다. 그도 그럴 것이 회색 외벽을 지나 교도소 내부로 들어서면 1970년대에 시간이 멈춘 듯한 풍경이 펼쳐진다. 누수로 인한 습기와 벽 군데군데 검게 피어오른 곰팡이 때문에 숨 쉴 때마다 퀴퀴한 냄새가 공기를 따라 폐로 들어온다. 복도 천장에는 빼곡한 배관과 전선이 날것 그대로 드러나 있고, 여기저기 페인트가 벗겨져 건물의 속살이 적나라하게 보인다. 배관을 받치고 있는 철제 지지대는 위태롭기 그지없고, 석면함유 자재는 그 자체로 사람들의 건강을 위협했다. 최근 몇 달 동안 보수 공사가 진행됐지만, 외벽이 더 정확한 회색으로 칠해진 정도이다.

하고 많은 색 중 왜 하필 회색일까. 흰색과 검은색의 혼합물로 빛도 어둠도 아닌 그 중간색이라서? 교도관은 중립에 서야 한다고 일깨우기 위해서? 회색은 어떤 날에는 안정적인 분위기를 연출했지만, 또 어떤 날에는 고갈된 심신을 고스란히 투영한 것처럼 보였다. 죄와 벌, 용서와 복수, 처벌과 교화. 가까운 듯 먼 두 단어 앞에서 회색은 교도소의 심정을 대변하는 듯했다.

물론 죄를 지은 자들이 참회와 반성의 시간을 갖는 공간이 호화스러워야 한다는 말은 아니다. 다만 이토록 열악한 수용 환경은 수용자들의 스트레스를 자극하고, 수용자들의 분노는 교도관들을 향해서 문제다. 교도관 또한 폐쇄적이고 낙후된 환경에서 지쳐갔고 수용자와 교도관 모두에게 공간이 주는 영향은 생각보다 더 강력했다. 학교를 지을 때 아이들의 창의성과 안정감을 고려하여 설계하듯 공간이 인간의 심리와 뇌에 미치는 영향은 이미 여러 연구에서 입증됐다.

교도소는 어떨까? 대한민국에는 지은 지 50년이 훌쩍

넘은 교도소가 아직 존재한다. 변화를 끌어내는 교화 목적의 건축 설계를 논하기 전에 붕괴 위험에 시달리고 있다. 노후한 교도소의 재건축과 이전 방법을 이미 여러 해 물색해봤지만 별다른 해법이 나오지 않고 있다. 그 안에서 많은 직원이 고통을 호소하고 있다. 또한 구속 수용자들의 수용률은 이미 100퍼센트를 초과한 지 오래다. 헌법재판소는 1인당 수용 면적이 0.3평에 불과한 것은 위헌이라며 수용 시설 개선을 촉구했으나 크게 달라진 것은 없다.

"또 그냥 벌금형이라고?" 뉴스 사회면에서 재판부가 벌금형을 선고했다는 기사를 심심찮게 볼 수 있다. 길 가는 여성 앞에서 신체 특정 부위를 노출한 남성, 대사관에 협박 전단을 붙인 사람, 지속해서 여성을 괴롭히고 주거침입까지 한 스토커, 유명인 SNS에 악플을 단 악플러, 아홉 살 자녀를 학대한 부모, 세 살 원생을 학대한 어린이집 원장 등등 벌금형을 받는 경우는 다양했다. 이에 시민들은 왜, 또, 고작 벌금형에 그치느냐며 한숨을 내쉬었다. 벌금형을 추진하는 이면에는 교정 시설의 과밀화 문제가 숨어 있다. 교도소의 과밀화 문제는 더 이상 뒤로 물러날 수 없는, 갈 데까지 간 상황이다.

야간 근무를 마치고 계단을 내려오는데 팔다리 간지럽지 않은 곳이 없다. 언젠가 모기가 전 우주를 점령하지 않을까 싶을 만큼 이놈의 모기들은 번식력이 대단하다. 갈라진 벽 틈에 물이 고이면서 모기가 서식할 수 있는 최적의 환경을 제공한 탓이기도 하다. 아무도 찾아오고 싶어 하지 않는 교도소지만, 모기는 교도소가 그토록 좋은가 보다. 이제 출소하자. 모기들아!

"또 공사해? 이번엔 또 무슨 공사래?" 교도소는 잊을 만하면 보수 공사를 진행했다. 100여 명의 수용자가 있는 공간에 외부 작업자들이 공사 도구를 갖고 들어오기 때문에 긴장을 놓칠 수 없다. 가위라도 하나 분실했다가는 큰 사고로 이어질 가능성이 농후하다. 건설 현장에서 흔히 볼 수 있는 바닥에 떨어진 못 하나도 이곳에서는 치명적인 흉기가 될 수 있다. 공사와 상관없이 수용자들은 면회도 하고, 목욕도 하고, 운동도 해야 하니 만약 그런 사태가 벌어진다면, 책임자는 무조건 교도관이다.

반면 교도소의 모든 색을 다 뺏어간 게 아닐까 싶은 공간도 있다. 바로 입구부터 알록달록 화려한 놀이공원이다. 아이를 키우다 보니 종종 놀이공원을 찾게 된다. 내가 어렸을 때는 내일 놀이공원에 간다고 하면 밤잠을 설칠 정도로 설렜었다. 하지만 언제부턴가 놀이공원에 흥미를 잃어버렸다. 가슴을 두근거리게 했던 롤러코스터는 이제 어지러워서 근처도 못 가고, 발 디딜 틈 없는 인파는 보는 것만으로 지쳤다. 이제는 주황색 천막 아래에서 홍합탕에 소주 한잔 걸치는 게 더 설레는 나이가 되어버렸다.

자식을 키운다는 것은 미래를 다져나가는 일이면서 반대로 과거로 여행을 떠나는 일이기도 했다. 어린 시절의 나처럼 놀이공원을 좋아하는 아이를 보고 있으면, 역시 피곤해도 오길 잘했다는 생각이 든다. "아빠. 나 저거 탈래!" 아이는 지치지도 않는지 회전목마 앞에서 걸음을 멈춰 섰다. "우리 무슨 색 목마 탈까?" "나 저거! 노란색!" 아이는 멋진 황금빛 왕관을 쓴 노란색 목마를 가리켰다. 그 위에서 우리는 신나게 목마의 엉덩이를 치며 외쳤다. "이랴! 이랴!"

집으로 돌아오는 차 안. 의자에 푹 기대 놀이공원에서 산 곰 인형을 안고 잠든 아이의 모습이 귀여웠다. 무슨 꿈을 꾸고 있을까. 해가 뉘엿뉘엿 한강대교 뒤로 넘어가는 붉은 하늘을 바라보며 잠깐 사색에 잠겼다. 교도소 안에서는 내 속의 여러 색을 모두 꺼내봐도 결국 뒤섞여 다시 회색이 됐다. 일률적인 행동, 표정, 말투, 회색 풍경 속에서 나까지 색을 지워버린 채 살아가는 건 아닐까.

남겨진 아이들

그는 요 며칠 제대로 숨을 쉬지 못했다.

서로 거리가 먼 영업소들을 하루 만에 모두 돌려면 화장실 가는 시간조차도 아껴야 했다. 사람 한 명이 겨우 누울 수 있는 운전석 뒤쪽에는 이불이 두서없이 구겨져 있었다. 편의점에서 사 온 생수로 양치질과 고양이 세수를 길가에서 해결해야 하는 일도 다반사였다. 그는 홀로 이제 막 초등학생이 된 두 딸을 키우고 있었고, 아이들을 위해서 밤낮을 가리지 않고 거리에서, 또 도로에서 낡은 중형트럭과 함께 인생을 내달리고 있었다.

하루는 지방 영업소에 새벽 배송을 마치고 돌아오는

길이었다. 한 남자가 술에 취해 비틀거리며 갑자기 도로로 튀어나왔고, 급하게 브레이크를 밟고 핸들을 돌렸지만 결국 트럭에 충돌한 남자는 다시 일어나지 못했다. 그리고 그는 구속됐다.

그는 항상 고개를 숙이고 다녔다. 도대체 얼마나 오래 안 씻은 건지, 그의 어깨엔 하얀 각질들이 어지럽게 흩어져 있었다. 그는 마치 인생을 포기한 사람처럼 무기력한 걸음걸이로 떠다니듯 걸었고 같이 생활하는 수용자들조차 그의 주변으로 잘 가지 않았다. "교도관님. 이 사람 너무 냄새나서 같이 생활 못 하겠어요. 방 좀 바꿔주세요." 다른 수용자들의 민원은 점점 더 늘어났다. 좁은 공간에 여러 명이 생활하다 보니 위생 문제는 단골손님처럼 보고문*에 올라왔다. "같이 생활하는 사람들을 위해서라도 위생에 신경 쓰세요. 여기 혼자 사는 것도

* 진료 신청, 면담 요청 등등 수용 생활의 전반적인 요구 사항을 담당 근무자에게 제출하는 서류.

아니잖아요." 나는 그에게 타이르듯 말했다. 서로 배려하고 협력하며 공동생활 하는 법을 배우는 것도 이곳의 중요한 역할이었다. 그래서 교도관들은 때론 선생님이 되기도 했고 그들의 보호자 역할을 하기도 했다.

"죄송합니다. 제가 죄송합니다." 그는 '죄송합니다'를 입에 달고 살았다. 실수로 부딪쳤을 때도, 말을 잘 못 들었을 때도, 심지어 눈만 마주쳐도 '죄송합니다'를 남발했다. "뭐가 그렇게 죄송한데요. 나한테 죄송할 게 뭐가 있어요." 삶을 포기한 사람처럼 행동하는 그를 보고 있으면 답답하고 막막했다. "그냥 다요… 아직도 사고 당시 피해자의 표정을 잊지 못하겠어요." 나도 매일 운전을 하지만, 가끔 예고 없이 튀어나오는 사람을 마주했을 때, 난 언제든 피할 수 있을까? 장담할 수 없었다.

"아이들은요? 누가 봐주고 있는 거예요?" 그에게는 아직 부모의 손길이 필요한 어린아이들이 있었다. "제 아이들은… 누가 봐주고 있을까요…." 그의 아이들은 보살펴줄 어른 없이 몇 달째 어딘가에 방치되고 있었다. 미성년 자녀가 있는 수용자 중 대부분이 자녀와 연락을 취하지 않았다. 여러 이유가 있겠지만 부모의 구속 사실이 어린 자녀에게 엄청난 충격을 안겨줄 수 있어서 어떻게든 비밀로 유지하려는 수용자들도 있었다.

그리고 그의 재판기일이 잡힌 날. 나는 그의 팔과 허리에 포승줄을 묶고 손목에 수갑을 시정施錠한 채 법원으로 출발했다. "재판 진행 중에 말할 수 있는 시간이 있어요. 지금껏 수용 생활도 잘해왔으니깐 뭐든 솔직하게 얘기하세요." 나는 여전히 고개를 숙이고 있는 그의 수갑을 풀어줬다.

그는 법정으로 들어서자마자 오열을 터트렸다. 방청석에 어린 두 딸이 서로 손을 꽉 잡고 아빠를 바라보고 있었다. 어떻게 알고 왔는지, 그 어린아이들이 아빠를 바라보는 눈빛을 보며 나도 모르게 눈시울이 붉어졌다. "피고인 진정하시고 자리에 앉으세요. 인정신문人定訊問* 하겠습니다." 그는 피고인석에 서서 여전히 두 손을 모

---

* 출정한 피고인이 공소장에 기재된 인물과 동일한지 확인하기 위해 피고인의 성명, 생년월일, 직업, 본적, 주거 등을 묻는 것.

은 채 방청석을 향해 흐느끼고 있었다.

재판이 끝나갈 때쯤 재판장은 방청석을 바라보며 아이들에게 말했다. "피고인의 가족이 나와 있다면 증인석으로 나와서 하고 싶은 말씀을 하셔도 됩니다." 재판장은 방청석에 두 아이를 보며 나오라고 손짓했다. 그러자 두 아이가 손을 잡고 나와 증인석에 섰다. 둘째 아이가 학교에서 발표할 때처럼 손을 들었다.

"우리 아빠는요! 엄청나게 큰 차를 가지고 있어요. 친구들한테 매일 자랑했어요. 우리 아빠 차가 제일 크다고. 그리고요. 저한테 엄청나게 잘해주시고요. 힘도 세서 저를 맨날 목말 태워주셨고요. 또…." 재판 전에 국선변호사가 아이들한테 아빠에게 도움이 될 말을 하라고 한 모양이었다. 아이들은 최선을 다해 우리 아빠의 좋은 점들을 이야기했다.

그리고 씩씩하게 말을 이어갔다. "내일은 제 생일인데요. 아빠가 변신로봇을 사주신다고 약속했어요. 판사 아저씨, 내일 우리 아빠 집에 올 수 있어요? 아빠, 우리 내일 같이 장난감 사러 갈 수 있지? 그치?" 법정에 순간 정적이 맴돌았다. 피고인은 무릎을 꿇고 오열했고 방청석에 훌쩍거리는 소리가 들려오기 시작했다. 그때 눈시울이 붉어진 건 판사도, 검사도, 우리 교도관도 예외는 아니었다. 법정에 있던 우리 모두 아이의 슬프도록 순수한 진술에 같이 울었다.

재판이 끝나고 그를 다시 데려가는데 방청석의 아이들과 눈이 마주쳤다. 아이들은 놀란 눈으로 나를 쳐다보고 있었다. 아직 이 상황이 잘 이해되지 않는 것 같았다. 자신의 아빠를 잡아가는 내 모습이 아이들의 눈에 어떻게 보였을까.

이곳에는 한순간의 실수로, 또는 자력으로는 막을 수 없는 급박한 사고로 인해 구속된 사람도 있다. 법은 그런 경우에 '과실'의 죄를 물어 처벌하고 있다. 하지만 그로 인해 남겨진 어린아이들을 제3의 피해자로 남겨둬서는 안 된다. 아이들은 죄가 없다.

며칠 후 그는 말끔해진 모습으로 면담을 요청했다. "아이들을 생각해서라도 포기하지 않겠습니다. 고맙습니다." 그의 변화된 모습을 보며 나도 응답했다. "출소해서는 더 열심히 아이들을 위해 살아주세요. 제가 더 고맙습니다."

시간이 흐르고 그가 출소하는 날, 교도소에 봄이 찾아왔다. 그리고 내 마음에도 조금씩 희망의 씨앗이 싹트고 있었다.

우리 다시 만나지 말아요

세상이 진동했다.

눈앞이 노래지고 검은 하늘에 달려 있던 수많은 별이 바닥으로 떨어졌다. 점점 어두워지는 시야에 두려움이 닥쳐 눈에선 눈물 한 방울이 뚝 떨어졌다. 코를 맞았을 때 그 찌릿함, 세상이 울리고 뇌가 진동하는 그 고통에 나는 얼굴을 부여잡고 쓰러졌다. 코를 감싼 손가락 사이로 피가 새어 나왔고 심장 박동이 빨라졌다. 하지만 나를 폭행한 수용자에게 대응할 수 없었다. 마구잡이로 휘두르는 저 주먹을 피하려면 팔을 붙잡고 제압해야 했지만, 내가 메이웨더도 아니고 이성을 잃고 휘두르는 저

행위를 제압하려면 나도 그의 얼굴을 가격하는 수밖에 없어 보였다. 하지만 지금 저 사람에게 주먹을 휘둘렀다가는 나의 현실이 더 노래질 게 분명했다.

"교도관님! 괜찮으세요?" 세탁실에서 빨랫감을 건조하던 수용자 한 명이 달려왔다. 그는 나를 폭행한 수용자에게 달려들어 공격을 막아줬다. 그동안 나는 상황실에 무전으로 상황을 전달했고 연락을 받은 기동타격팀이 와서 날 때린 수용자를 조사실로 데려갔다. "지금은 빨래 건조를 할 시간이 아닐 텐데?" "교도관님. 고맙다는 인사는 됐습니다. 하하." 그의 너스레에 실소가 터져 나왔다.

그는 건장한 체격에 인상이 나쁘지 않은 40대 후반쯤으로 보이는 중년 남자였다. 내 코에서 흐르는 피를 보고는 얼른 나에게 휴지를 건네주었다. "일단 고맙다고 해야겠지. 고마워요." "근데 교도관님. 괜찮으세요? 병원으로 가시는 게…." 내가 감시해야 할 수용자의 호의가 낯설었다. 마음은 분명 나를 도와줘서 고마운데 고맙다는 말이 쉽사리 잘 나오지 않았다. 내가 이 사람들에게 잘해주면 피해자들에게 뭔가 죄를 짓는 느낌이었다.

"그런데 당신은 왜 여기까지 들어오게 됐어요? 여기 있을 사람처럼은 안 보이는데?" 고마운 마음을 에둘러서 표현했다. 사실 교도소는 겉모습만으로 사람을 판단해서는 안 된다는 사실을 매일 깨닫는 곳이다. 자상한 할아버지처럼 보였던 사람이 아동성폭행범일 수 있고 우락부락하게 생긴 사람이 비교적 경한 절도죄인 경우도 많았다.

"다 돈 때문이죠, 뭐. 고깃집을 차리려고 친한 친구에게 돈을 빌렸다가 갚지 못해서…." 그는 이곳에 들어온 것보다 친한 친구에게 미안한 마음이 더 크다고 했다. 어려운 시기에 친구도 대출을 받아 돈을 빌려줬는데 결국 고깃집이 부도나는 바람에 친구도 어쩔 수 없이 그를 고소할 수밖에 없었다고 한다. "돈 잃고, 친구 잃고, 가족도 잃고… 사는 게 쉽지 않네요, 교도관님." 조금 전 나를 도와줘서였을까. 그의 표정을 보니 마음이 무거웠다. 뉴스를 보면 하루가 멀다고 자영업자들의 절규가 들려왔고 나빠진 경제 상황에 바이러스 출현까지, 돈을 갚지 못한 그들을 과연 비난만 할 수 있을까.

"작업반 신청은 해봤어요? 노동을 하면 법원에서도

좋게 봐줄 테고 가석방 기회도 있을 거예요." 나는 그에게 노동의 기회를 제공해주고 싶었다. 세탁, 취사, 수용동 도우미, 이발, 시설 보수 등 수용자들이 일할 수 있는 작업장들이 이 안에서 바쁘게 돌아갔다.

"팀장님, 이 사람 수용 생활도 잘해왔고, 초범이고 돈을 못 갚아서 들어온 사람이에요." 나는 팀장님에게 그의 작업희망신청서를 제출했다. 이곳에서 노동을 통해서 삶의 의미를 되찾는 것도 교정·교화에 부합하는 일이다.

"고맙습니다, 교도관님. 생각해주신 덕분에 저 내일부터 세탁실에 들어가게 됐어요." "고맙긴요. 수용자 사회 복귀 준비는 당연히 교도관이 해야 할 일인데요." 며칠이 지나자 그는 작업장에 들어가게 됐다. 그는 성실히 일했고 나도 이런 방식으로 수용자의 건강한 사회 복귀를 도울 수 있다는 생각에 기분이 좋았다. 내가 그를 믿은 만큼 그도 나의 믿음에 보답하듯 하루하루 성실히 살아가고 있었다.

"교도관님! 저 가석방 사인했어요!" 그의 노력이 하늘에 닿았을까. 얼마 후, 그는 가석방 대상자에 올랐고 아침에 가석방자 명부에 사인하고 나왔다고 한다. "잘됐네요!" 그는 정말 어린아이처럼 좋아했다. 이곳에서 수용자에게 가장 좋은 일은 결국 출소 아니겠는가.

시간이 흘러 그의 출소가 다가왔다. "친구 돈 꼭 갚을 수 있길 바라요. 성실히 일하다 보면 좋은 날 오리라 믿습니다." 그는 나의 손을 꼭 붙잡았다. 그리고 떨리는 목소리로 대답했다. "교도관님, 정말 고맙습니다… 자주 찾아뵙고 인사드리겠습니다." "또 여길 온다고요?" "네? 아니… 그게…." "우린 다시 안 보는 게 좋은 거예요. 아닌가요?" "그렇네요… 다신 이곳에 찾아오지 않겠습니다." 의례적으로 고마운 마음을 표현할 때 '찾아뵙겠다'라고 말하곤 한다. 하지만 이곳에서 그 말은 오히려 악담이다. "우리 다신 만나지 말기로 해요." "네. 다시는 교도관님 만나는 일 없도록 열심히 살아보겠습니다." 그의 눈가에 물기가 맴돌았다.

그렇게 우린 '다신 보지 말자!'라는 훈훈한 대화를 끝으로 지금까지 다시 마주치지 않았다. 사실 이곳에서 수용자에게 가장 좋은 일은 나가는 게 아니라 다시 돌아오지 않는 것이다. 무소식이 희소식이라는 말처럼 그의 소식이 들려오지 않는 것은 나에게도, 그에게도 좋은 일이었다. 그리고 나는 여전히 출소를 앞둔 수용자들에게 이렇게 말한다.

여러분, 우리 절대로 다신 만나지 말아요.

기러기 아빠

"선배, 애는 잘 크고 있죠? 아픈 건 좀 어때요?"

선배의 아들은 태어났을 때부터 뇌병변이라는 지체 장애를 가지고 태어났다. 팔다리가 뻣뻣해지고 관절을 자유롭게 움직일 수 없는 경직형 뇌성마비였다. 아이가 태어나고 나서부터 선배는 장애를 가진 자녀의 양육 방법에 관한 책을 매일 읽었고, 아이가 사회에 잘 적응할 수 있는 방법을 찾아 관련 모임이나 협회에 참석하는 등 물심양면 발 벗고 뛰어다녔다.

선배는 항상 밝은 표정에 걸음걸이도 씩씩했지만, 가끔 멍하니 담배를 피우는 선배의 표정에서 말 못 할 수심이 느껴지곤 했다. "휴… 그냥 뭐 노력하고 있지. 그래도 이번에 다행히 장애아들이 다닐 수 있는 기관에 들어가게 돼서 한시름 놨어." 사실 선배의 걱정은 아들의 장애뿐만이 아니었다. 장애를 가진 아이와 24시간 붙어 양육해야 하는 아내의 표정은 하루하루가 지날수록 어두워졌고 우울증 약을 복용해야 할 정도로 많이 지친 상태라고 했다.

이번에 기관에 네 시간 정도 아이를 맡아줄 수 있는 자리가 나서 그나마 다행이라는 선배의 말에는 어떠한 감정도 실려 있지 않았다. 그만큼 선배도 지쳤고 기관에서 몇 시간 맡아준다고 이 문제를 해결할 수 있는 것도 아니었다.

"그것도 그거지만, 항상 돈이 걱정이야. 병원비에, 약값에, 나라에서 지원해준다지만, 알잖아. 그것만으로는 턱없이 부족하다는 거." 공무원 월급이야 뻔했다. 그것도 외벌이로는 아픈 아이를 양육하며 전세 대출금, 보험료, 생활비를 충당하기에는 턱없이 부족했다. 아내는 아픈 아이를 24시간 돌봐야 했기에 이들 부부에게 맞벌이는 선택 사항이 아니었다. 직업적 안정이 경제적 안정과 비례하지 않는다는 것이 여실히 드러나는 대목이었다.

선배는 그나마 돈이 되는 야간 업무를 선호했다. 야간 수당이 많지는 않지만 생활에 도움이 됐다. 선배는 그렇게 어떻게든 하루를 버티고 있었다. “어차피 공무원은 투잡을 못 하니깐….” 선배는 마음 같아서는 새벽 배달과 저녁 대리운전도 하고 싶다고 했다. 하지만 공무원은 출판, 강의 등 몇 가지 예외적인 상황을 제외하고는 겸업이 금지되어 있다.

그날 저녁. 선배는 여느 때처럼 순찰을 하고 있었다. 교도관은 한 시간에 한 번씩 담당 수용자들의 생명과 안전, 시설 보호 등의 이유로 감시 계호를 해야 한다. 근무자 한 명이 100명이 넘는 수용자들을 관리해야 하니 수용동을 한 바퀴 돌고 나면 피곤이 몰려왔다. 그렇게 순찰하고 다시 담당실에 돌아온 선배는 의자에 앉아 너무 피곤한 나머지 잠깐 눈을 감았다. 퇴근 후에는 아픈 아이를 돌봐야 했고 출근해서는 밤낮이 바뀌는 생활을 해야 했다. 생활비와 치료비를 충당하기 위해서 열심히 뛰어다니느라 몸이 지칠대로 지친 상태였다. 잠깐 눈을 감고 쉰다는 게 그만 깜빡 잠이 들고 말았다.

"담당실! 비상벨 확인하세요!" 무전을 통해서 급박한 소리가 울렸다. 선배는 화들짝 잠에서 깨 담당실 벽에 붙어 있는 사이렌을 바라보았다. 순찰을 끝내고 담당실로 돌아와 잠시 눈을 감았던 것까지만 기억났다. 그 후로 얼마나 시간이 지났을까.

비상벨이 울린 방으로 달려가 보니 처참한 광경이 벌어졌다. "교도관님! 소변이 마려워서 화장실을 가려고 일어나 보니 그만…." 방 안에 있는 한 수용자가 사색이 된 표정으로 선배에게 말했다. 선배는 떨리는 손으로 창문에 매달려 있는 사람의 몸을 잡고 소지하고 있던 커터칼로 창문에 걸려 있던 수건을 잘라냈다. 곧바로 대학병원으로 이송시켰으나 끝내 좋지 않은 소식이 들려왔다. 죽음의 순간을 실제로 목격할 경우 굉장한 트라우마로 남는다. 하지만 지금 선배에겐 자신의 트라우마는 당장 중요한 일이 아니었다.

"순찰했어, 안 했어?" 떨리는 손발이 채 멈추지도 않았는데 문책성 발언이 돌아왔다. 다음 날 다른 동료에게 지난밤 이야기를 들었을 때 나까지 손발이 다 떨릴 정도였다. 수용자의 자살로 인하여 선배는 징계를 받고 지방으로 전출을 가게 됐다. "내 잘못이지. 근무지에서 잠자느라 순찰을 못 한 건데, 뭐라 변명할 거리도 없더라." "선배. 그럼 형수님이랑 아들은 어떡해요. 같이 가시는 거죠?" 장애 자녀를 양육할 때 가족 구성원의 결속은 매우 중요한 문제다. 아내 혼자서 아픈 아이를 양육한다는 것은 사실상 자녀와 부모가 같이 침몰하는 배에 올라탄 것과 같았다. "아니. 나 혼자 원룸 잡고 지방 내려가야지. 이번에 겨우 기관에 아이 들어갈 자리가 났는데… 지방은 그런 기관도 많이 있지도 않고." "그럼 회사에 얘기해봐요! 저도 같이 가드릴게요. 아무리 순찰을 못 했어도 그렇지, 아이가 아픈데 이렇게 생이별을 시키는 게 어디 있어요!" 이렇게 가족들과 떨어뜨려 놓는 것은 사실상 일을 그만두라는 거나 다름없었다.

하지만 선배는 이 일을 그만둘 수 없었다. "우리 아들 아픈 거. 너랑 몇 명밖에 모르잖아. 굳이 내 아들 장애 있는 거 여기저기 다 알리고 싶지도 않고. 그리고 지금 분위기 봐라. 나 완전 역적 된 거 같아." 수용자의 자살 사고는 정부에 보고되는 사항이었다. 그리고 이런 사고는 소속 직원 전체의 근무 평가 점수에도 영향을 끼쳤다.

선배에겐 일주일의 시간이 주어졌다. "빨리 지방에 방 알아보러 다녀야지. 시간이 없어. 일주일 만에 방 잡기도 쉽지 않을 텐데, 그나저나 애가 걱정이다. 아빠 엄청 찾을 텐데… 와이프도 걱정이고… 도와줄 사람은 없고, 미치겠다." 선배는 눈물을 흘렸다. 그동안 어떻게든 지쳐 있는 모습을 감추기 위해서 움켜쥐고 있던 끈이 더 이상 버티지 못하고 끊어진 듯했다. 지방 원룸이라도 월세가 40만 원은 족히 넘을 텐데. 선배 어깨에 짐이 하나 더 늘어났다.

며칠 후 비워진 선배의 캐비닛을 한참을 서서 쳐다봤다. 수용자는 구속되고 삶을 비관하는 경우가 많다. 때때로 삶을 포기하는 선택에 이르기도 한다. 교도관의 역할은 그들의 비관과 자살을 예방하고 상담과 치료 프로그램을 통해서 건강한 사회 복귀를 도모하는 것이 맞다. 하지만 교도관도 인간이기에 수백 명이 넘는 그들을 감시하는 동안 때때로 공백이 생기기도 한다. 이런 처형적인 징계가 과연 수용자의 자살을 막는 것에 도움이 될까?

그 이후로 선배는 연락을 받지 않았고 여러 소문만 들려왔다. 어느 음식점에서 주차 대리를 해주는 것을 봤다, 배달을 시켰는데 그가 왔다 같은 소문이었다. 선배는 지금 어디에서 어떻게 지내고 있을까.

일상 속 공포

교도관, 경찰관, 소방관이 한자리에 모였다.

나는 교도관, 대학 선배는 경찰관, 대학 선배의 친구는 소방관이다. 우리는 현장 근무자로서 각자 직업 환경에 대한 고충을 호소했다. 경찰관과 소방관의 업무 환경에 대해서는 이미 여러 미디어에서 많이 다뤘기 때문에 나는 TV에서 본 그들의 활약상에 감탄하며 굉장히 흥미로운 표정으로 술잔을 기울였다. 하지만 교도소의 굳게 채워진 철문처럼, 교도관에 관해서는 아직 많은 사람이 잘 알지 못했다. 같은 현장 근무자인 경찰관과 소방관에게도 교도관은 미지의 영역이었다.

“전 높은 층에서 거주하는 게 좀 불안해서… 되도록 낮은 층을 선호해요.” 소방관이 말했다. 출동 시 높은 층에서 인명 구조가 상대적으로 더 어렵다는 이유에서였다. “전 낮은 층에서 거주하는 게 좀 불안해서… 되도록 높은 층을 선호해요.” 교도관인 내가 대답했다. 배관이나 벽을 타고 창문을 이용해 주거침입 하는 범죄 상황에 대한 불안감 때문이었다. 이렇듯 모두가 각자 상황에서 서로 다른 직업병을 가지고 있다.

놀이터에서 혼자 놀고 있는 아이를 납치해서 끔찍한 범죄를 저지른 자들과 마주한 이후로 내 아이가 혼자 나가 노는 일은 일어나지 않았다. 여름에 창문을 열어놓고 잠드는 일도 우리 집에선 절대 있을 수 없는 일이다. 외출할 때 1층에서 다시 집으로 올라와 현관문이 제대로 닫혀 있는지 재차 확인하고 내려간 적도 많았다. 휴대폰 메신저에는 주거지를 추측할 수 있는 배경의 사진을 노출하지 않는다. 세상과 격리된 공간에서 하루의 대부분을 보냈지만, 퇴근 후 나의 개인 공간도 세상과 단절시키고 있었다.

“너도 SNS 같은 거 해봐. 인맥도 생기고 세상과 소통하는 기분도 좋아.” 친구들은 자주 연락이 되지 않는 나에게 SNS를 권했다. 내 휴대폰은 보관함에 있는 시간이 많았기 때문에 일과 중에는 연락이 거의 불가능했다. SNS라… 초임 때만 해도 나도 세상과 활발히 소통했다. 하지만 SNS 관련 범죄를 저지른 자들과 대화하면서 내 SNS 계정을 모두 지웠다. 남들에겐 그저 일상인 상황들이 나에겐 아슬아슬 줄타기처럼 느껴졌다. 나도 범죄의 대상이 될 수 있다는 불안감을 떨칠 수 없었다. 유난이라고 말하는 사람도 있었지만 그만큼 나에게 범죄에 대한 공포는 일상으로 스며들었다.

“여보, 오늘 누가 초인종을 눌렀는데 누구냐고 물어봐도 아무 대답이 없더라고.” 아내는 퇴근하고 샤워실에 들어가려던 나에게 말했다. 누가 잘못 눌렀겠지, 라고 대답하지 못했다. 내 심장은 착 가라앉았다. “내일 또 그런 일이 생기면 다시 얘기해줘. 걱정되니까 전화도 꼭 받아.” 그냥 누군가가 다른 집 초인종을 잘못 눌렀겠거니 생각하고 대수롭지 않게 넘어갈 수도 있었다. 하지만 침대에 누워서도 왠지 모를 불안감은 지워지지 않았다.

괜히 다시 일어나서 현관문이 잘 잠겼나 확인하고 나서야 잠이 들었다.

다음 날 나는 어김없이 출근 지문을 찍었다. 어제 아내가 했던 말이 아직도 마음속 밑바닥에 깔려 있었다. 담당 수용자들의 동정을 관찰하고 사건 개요를 검색하는 일을 하는 동안 내 마음은 더 어지럽혀졌다. 그리고 교대 시간이 되자, 나는 근무지에서 나와서 휴대폰을 확인했다.

여보. 방금 또 누가 벨 누르고 아무런 대답이 없어.

문자를 확인하고 바로 아내에게 전화를 걸었으나 연결이 되지 않았다.

여보, 왜 전화 안 받아. 무슨 일 있는 거 아니지?

두려움을 느끼거나 범죄가 코앞에 닥쳤을 때, 인간의 상황 대처 능력이 현저히 저하된다는 연구 결과가 있다. 아내가 두 시간 넘게 연락을 받지 않자 내 사고 회로에 이상이 생겼다. "지구대죠? 죄송한데 혹시 근처 순찰하실 때 저희 집에 한 번만 방문해주실 수 있을까요?" 결국 난 경찰에게 사정을 말하며 도움을 요청했다. 그리고 다시 근무지로 돌아갔다. 한 수용실에서 주거침입죄로 들어온 사람이 운동하는 모습을 보고 나자 머릿속엔 더 최악의 상황만 떠올랐다. 휴대폰이 없는 상황에서 내 마음은 타들어갔고 시간은 오늘따라 더디게 흘러갔다. 얼마 후, 퇴근 시각이 되자마자 나는 튀어 나가 휴대폰 보관함에 있는 내 휴대폰부터 꺼내 들었다.

여보. 애랑 같이 깜빡 잠들었었어. 오늘 벨 누른 사람은 애 학습지 가져다주러 온 사람이더라고… 걱정 많이 했지. 미안해.

아내에게 온 부재중 전화도 여러 통 찍혀 있었다. 긴장했던 다리에 힘이 풀렸다. 경찰이 현관문을 두드리자 아내는 오히려 나에게 무슨 일이 생긴 줄 알고 많이 놀랐다고 했다. 퇴근하는 버스 안에서 휴대폰을 유심히 들여다보았다. 세상과 소통할 수 있는 유일한 창구였다.

그리고 습관적으로 포털사이트 뉴스 기사를 읽어가던 나는 무엇에 홀리듯 검색창에 이렇게 입력했다.

범죄 공포증

SNS 등을 통해 사건, 사고 소식에 노출되는 사람이 많아지면서 공포증을 호소하는 사람이 늘고 있다. 이 공포증을 방치할 경우 우울증, 공황장애에 이르기도 한다.

매스컴에는 범죄 사건 소식이 하루가 멀다고 올라왔고 시민들은 나도 범죄의 대상이 될 수 있다는 공포를 느꼈다. 어떤 사람들은 일상생활이 불가능할 정도로 불안증이 심각했다.

기사로 접했던 사람들이 내 눈앞에 나타났고 나에게 말을 걸어왔다. 그중 몇몇은 나에게 살해 협박을 하기도 했고 폭행을 하거나 시도했다. 특히 가족을 언급하면서 입에 담지 못할 발언을 할 때면 몇 달간 심장 떨림이 지속됐다. 퇴근길 도로 위에서 사람들이 분주하게 움직이고 있다. 이제는 사람이 많은 곳에 가는 것도 스트레스로 느껴졌다. 그렇게 집으로 들어간 나는 밖이랑 연결된 창문과 현관문의 시정 상태를 두세 번 확인했다. 최근 들어 수납장, 책상 서랍, 옷장 등 모든 문을 닫아놓는 습관도 생겼다.

나는 갇혔다. 언제쯤 이 사회로 나올 수 있을까. 이 증세가 완치되는 날, 두부를 한입 크게 베어 먹어야겠다고 생각했다.

저희도 지켜주세요

장대비가 바닥을 뚫어버릴 기세로 떨어졌다.

이렇게 비가 많이 내리는 날이면 교도소는 마치 아무도 살지 않는 오래된 저택 같다. 이 분위기에 효과음을 넣어주듯 온종일 까마귀 떼가 울어댔다. 까악- 까악-! "하늘에 구멍이 뚫렸나… 내일 아침 퇴근길이 걱정되는구먼." 나는 한 달에 대여섯 번씩 25시간 근무에 투입됐다. 틀어진 수면 패턴에 몸은 비명을 질러댔고 다음 날 아침 퇴근길에 졸음운전으로 위험천만한 순간을 겪은 게 한두 번이 아니었다.

"교도관님, 눈이 뻘겋게 충혈됐어요… 담당실에 가서

좀 주무세요.” 이곳에 갇혀 지내는 사람이 오히려 날 걱정하는 모습이 이상했다. 그들 눈에도 25시간씩 근무하는 내 모습이 안쓰러워 보인 걸까. 인력이 부족하다는 이야기는 점점 말하는 사람도 듣는 사람도 지칠 정도로 너무 자연스러운 회의 주제가 되어버렸다.

오늘도 어김없이 비상벨이 울렸다. 법원에 선고를 받으러 나갔던 사람들이 선고 결과가 자기 예상과는 달랐는지 씩씩대며 들어왔다. 선고 결과는 수용자들의 최대 관심사이기 때문에 생각보다 세게 형을 받은 사람들은 극도로 예민해져 다른 수용자들과 마찰을 일으키기 일쑤였다. 다행히 이번엔 가벼운 말싸움으로 상황이 종료됐다.

그래도 나는 여기서 일어나는 일거수일투족을 근무보고서에 기록해야 하므로 마찰을 일으킨 그 두 사람의 자술서와 반성문을 받아뒀다. ‘적자생존’이라는 말은 교도관 사이에서 ‘적어야 산다’라는 뜻으로 통용됐다. 언제 어떤 책임을 떠안을지 모르니 일단 무조건 기록으로 남기는 게 안전하다는 뜻이다. 수용자들이 괜찮다고 해서 상황을 마무리 지었는데, 나중에 말을 바꿔 근무 태만으로 고소하는 경우도 종종 있었기 때문이다.

근무보고서를 작성하기 위해 키보드에 올려놓은 내 손등 위로 엄지발톱만 한 바퀴벌레가 쓱 지나갔다. 윽! 온몸에 소름이 돋았다. 내 손등에 바퀴벌레 다리 여섯 개의 움직임이 고스란히 느껴졌다. 도대체 바퀴벌레가 몇 마리나 있는 건지, 모기랑 바퀴벌레는 죽여도 죽여도 끝없이 출몰했다. 게다가 오늘은 오래된 건물 벽에 비가 스며들어서인지 온종일 꿉꿉한 냄새가 진동했다. '아, 오늘은 진심 일하기 싫다.' 직장인이라면 누구나 겪는다는 직장 생활에 대한 권태. 금이 간 벽타일처럼 내 마음에도 조금씩 금이 가고 있었다. 그때 다시 시끄러운 소리가 들려왔다. 쾅- 쾅- 쾅!

독거실 쪽에서 나는 소리였다. 소란을 피우거나 규율을 어긴 수용자들은 독거 징벌방에 수용된다. 규율을 어긴다는 표현에는 교도관을 협박하거나 폭행하는 경우도 포함된다. 이 독거실 주인은 살인, 강도, 강간, 방화 등 인간이 저지를 수 있는 모든 추악한 범죄를 저지르고 구속된 자다. 그의 악행은 구속되어서도 계속됐다. 이

징벌방에 들어온 이유도 교도관의 목덜미를 잡고 복부를 주먹으로 가격해 전치 6주의 상처를 입힌 사건 때문이었다.

"진정하세요! 왜 이러는 겁니까." 그의 난동에는 이유가 없다. 하지만 이 무료한 일상에 소소한 재밋거리를 찾으려는 시도에 불과한 이 행동은 나에게 엄청난 스트레스로 다가왔다. "들어오면 죽여버리겠어. 첫 번째 놈은 반드시 목을 찔러버릴 거야!" 그는 플라스틱 젓가락을 반으로 쪼개 날카로운 부분을 내 쪽으로 겨냥했다. 마음 같아서는 가스총과 테이저건을 사용하고 싶었다. 하지만 구금된 수용자에게 가스총을 사용했다가는 뒷일을 감당하기 힘들어진다.

그때 기동타격팀과 당직 팀장님이 도착했다. "자, 진정하고 원하는 게 뭔지 얘기해보세요." 팀장님과 그 수용자는 서로 잘 아는 듯했다. 그는 팀장님이 처음 교도관이 됐을 때부터 이곳을 들락날락하던 사람 중 하나였다고 한다. 이런 상황이 한두 번이 아니었는지, 모르는 사람이 보면 마치 그들이 평범한 일상 대화를 나누는 것처럼 보였을 것이다.

그런데 뜻밖에 문제가 발생했다. 갑자기 내가 속이 울렁거리고 식은땀이 나더니 급기야 호흡곤란이 오기 시작했다. 나는 벽에 손을 대고 간신히 몸을 지탱했다. "자네 왜 이렇게 땀을 흘리나. 몸이 안 좋아?" 그 두 사람은 나를 동시에 쳐다봤다. 한껏 오른 긴장감은 나의 몸 상태로 인해 차갑게 식어버렸다.

"커피 한 잔 주면 얌전히 잘게요." 그도 김이 빠졌는지 믹스커피 한 잔을 요구하며 부러진 젓가락을 내려놓았다. 불행인지 다행인지 나의 호흡곤란과 어지러움으로 인해 상황이 종결됐다. 기동타격팀과 팀장님이 돌아간 그 자리에 다시 나 혼자 남게 됐다. 그는 다친 먹잇감은 재미없다는 듯한 표정으로 나를 한 번 쳐다보더니 머리까지 이불을 덮었다.

그동안 이곳에서 수용자의 난동, 폭행, 자해, 자살 등 많은 일을 겪었다. 오늘의 난동도 어찌 보면 그동안 겪었던 수많은 일 중 하나일 뿐인데, 한 번도 이런 적이 없었는데, 이상했다. 모두가 돌아가고 아무도 남지 않은 이 복도에서 나 혼자 덩그러니 서 있었을 때 평소와 다른 생각이 들었다. 이대로 나도 그냥 잠들고 싶다는 생각. 그냥 이대로 집에 가서 샤워하고 이불 속으로 들어가고 싶다는 생각. 온통 그 생각뿐이었다.

하지만 지금은 근무 시간이다. 담당실에 들어와서 창문을 열고 심호흡을 했다. '휴우. 지친다.' 창문에 얼굴을 대고 숨을 들이켰다. 새벽 고유의 느낌이 있다. 그 냄새, 그 색감, 그 고요함. 그리고 항상 새벽 두 시가 지나가면 몸이 각성 상태로 전환된다. 몽롱하고 피곤해서 잠이 몰려오지만 동공은 확장돼 있다. 뇌는 잠들어 있지만 몸은 깨어 있는 상태. 그렇게 아침이 밝아왔다. 병원 오픈 시간을 확인하고 퇴근길에 동네 내과에 들렀다.

"검사 결과엔 이상이 없네요. 수면 리듬이 깨지거나 스트레스를 받으면 그럴 수 있어요." 의사는 일주일 치 약을 처방해줬다. 집으로 가서 샤워하고 이불에 들어가 잠을 청하려 눈을 감자 문득 전날 나를 바라보던 그의 눈빛이 떠올랐다. 그리고 나를 향해 겨눴던 뾰족한 젓가락, 그때의 냄새와 주변 상황이 생생하게 영화 상영하듯이 머릿속에 재생됐다. 그렇게 난 잠이 들었다.

다음 날 아침. 초췌한 얼굴로 약 봉투를 입에 털어 넣는 모습을 본 수용자 한 명이 나에게 물을 한 잔 건네주었다. 그는 나를 안타까운 눈빛으로 쳐다봤다. "교도관님, 괜찮으세요? 많이 지치신 거 같은데…." "먹고사는 게 다 그렇지 뭐. 본인도 어제 선고 5년 받았다고 하지 않았나요?" 5년이면 짧은 시간은 아니었다. 그러나 그는 나를 보며 이렇게 말했다. "전 괜찮아요. 전 이제 5년 후면 나가지만… 교도관님은 이곳에 30년은 더 있어야 하잖아요…."

직무 소진은 직무와 관련된 우울감과 압박감이 반복적이고 지속해서 나타날 때 발생한다. 이는 결국 이직, 사기 저하, 조직 불만족으로 이어지고 조직에도 부정적인 영향을 미칠 수 있다. 특히 교정공무원의 직무 소진은 수용자들의 교화에 직접적인 영향을 끼친다. 수용자들을 매일 마주하는 교정공무원의 정신, 신체 건강 상태는 곧 수용자들의 정신, 신체 건강 상태와 직결된다. 현재 교도관의 직무 환경 개선이 절실히 필요한 상황이다. 노후화된 건물, 부족한 인력, 25시간 근무 등 열악한 근무 환경에 처한 교도관의 외침은 처절하다. 교도관 한 명이 많게는 100여 명이 훌쩍 넘는 수용자들을 감시, 관리, 계호한다. 말 그대로 '일당백'인 셈이다.

다른 기관의 상황은 어떨까? 시민들과 직접적으로 대면하는 경찰관, 소방관은 국회의원, 시 의원, 여러 단체가 인력 충원을 위해 목소리를 높이고 있다. 반면 보이지 않는 곳에서 묵묵히 그 자리를 지키고 있는 교도관의 인력난은 누가 대변해주고 있을까.

드라마 〈슬기로운 감빵생활〉이 인기리에 방영되면서 시민들은 전보다 교도소 내부 사정에 관심을 보이기 시작했다. 교도관의 일상과 근무 환경을 보여주는 예능과 다큐멘터리도 여러 매체에 소개됐었다. 많은 사람이 함께 분노하고 걱정해주신 것을 보며 깊은 위로를 받았다. 감사한 마음을 이 글을 통해 전해드리고 싶다.

하지만 편집된 장면 속에, 가공되지 않은 현실 속에 훨씬 더 끔찍하고 가슴 아프며 잔혹한 이야기들이 존재한다. '절대 보안'이라는 거대한 이름 아래에서 목소리를 내지 못했던 교도관들은 어떤 모습으로 살아가고 있을까. 움츠러든 교도관들의 외침은 안타깝게도 높은 담장에 부딪쳐 땅으로 떨어진 듯하다. 우리 사회에서는 재벌

우려자의 전자장치 착용, 범죄 예방 사회 시스템 구축, 학교 보안관, 길거리 비상벨 등 여러 안전장치 시스템을 구축하고 있다. 이때 24시간 범죄자들과 옷깃을 스치며 살아야 하는 교도관들의 건강과 안전을 지켜주는 시스템을 구축하는 것도 어떻게 보면 수용자 교정·교화의 첫 걸음이 아닐까.

실수령액 280만 원

월급날이 돌아왔다.

한 달 동안 정말 많은 일이 있었다. 밤새 25시간 근무를 서며 같은 직원에게 CCTV로 감시당하고, 성폭력범과 음압격리실에 같이 있었다. 아동학대범에게 소리를 질렀다가 인권위원회에 회부되기도 하고 토막 살인을 저지른 사람의 다리를 움켜쥐고 매달렸다. 한 달간 이렇게 치열하게 일한 나는 얼마나 벌었을까. 거두절미하고 내 통장엔 280만 원이라는 액수가 찍혀 있었다. 물론 이 금액은 9 to 6 근무 체계를 따른 게 아니다. 25시간 밤샘 근무, 일일 10시간의 근무, 주말 근무 1일을 포함한 월급이다. 많고 적음을 떠나서 뭐 괜찮다. 대한민국 월급쟁이라면 누구나 (살인자에게 협박을 당한다든지, 조직폭력범에게 고소를 당한다든지, 강도에게 폭행을 당한다든지) 나름의 고충을 겪고 있을 테니….

한편으로는 뉴스에서 나와 같은 야간근무자들의 안타까운 소식을 접하다 보니 건강이 걱정되기 시작했다.

암 위험 높은 야간 교대 근무자

야간 근무 발암 원인 2위

교도관의 근속 기간을 대략 30년이라고 잡아보자. 그중에 20년은 매일 밤낮이 바뀌는 야간 교대 근무를 하게 된다. 어제는 밤에 잤다면 오늘은 아침에 자고, 내일은 아침에 잤다면 내일모레는 또 밤에 취침하는 형식이다. 안타깝게도 나머지 10년 또한 온전한 9 to 6는 아니다. 한 달에 네 번 정도는 25시간 근무에 투입된다.

"자네는 여기 들어오기 전에 무슨 일을 하다 왔는가?"

처음 이곳에 발령 났을 때 정년이 얼마 남지 않은 계장님께서 나에게 물으셨다. 구수한 전라도 사투리를 구사하시던 그 계장님은 희끗희끗한 머리에 참 정감 가는 분이었다. 교정공무원 중에는 20년 이상 근무한 베테랑 선배님들이 아직 현장에서 그 경력과 노하우를 바탕으로 수용자 처우나 시설 안전을 위해 발 벗고 뛰어다니신다. 그분과 나는 1년간 같은 근무지에서 일하며 이런저런 대화를 나눴고, 가끔 퇴근 후에 치킨에 맥주 한잔을 기울일 만큼 정이 들었다.

어느 날, 직속 상급자의 전화를 받으신 계장님은 빨개진 얼굴로 수화기를 내려놓았다. 새로 바뀐 내부 규칙과 관련된 업무 실수가 있었고 그 부분에 대해서 지적을 받으신 모양이다. "계장님… 괜찮으세요?" 계급사회인 만큼 가끔은 훨씬 나이가 어린 상사에게 업무상 질책을 받을 때가 종종 있다. "괜찮아. 이 나이가 되니깐 그런 것들에 크게 연연하지 않게 되더라고… 그리고 내가 여기에서 34년 근무하면서 이런 일이 어디 이번뿐인 줄 아나. 단련되어 있으니까 걱정하지 말게." 30년 이상 근무를 하셨음에도 승진이 적체되고 이제 막 임용된 20, 30대 상사들에게 복장 지적을 받는다거나 보고 내용이

틀렸다고 한소리 듣는 모습을 옆에서 바라볼 때면 가끔은 회의감도 밀려왔다.

얼마 뒤 계장님은 정년퇴직을 맞이하셨다. 그렇게 이곳에서 34년간 젊은 청춘을 바친 한 사람의 자리는 다음 날 아침 조용히 비워졌고, 무슨 일이라도 있었냐는 듯 이곳에서의 하루는 똑같이 흘러갔다.

"여보. ○○○이라는 사람이 누구야?" "응? 그분은 몇 년 전 퇴직한 계장님인데. 당신이 그분 성함을 어떻게 알아?" 마트에 다녀온 아내가 우편함에 꽂혀 있던 편지 봉투를 들고 왔다.

부고 알림

사인은 암이었다. 34년간 밤낮이 뒤바뀐 업무를 온몸으로 버티며 현장에서 열심히 뛰어오신 계장님은 결국 그렇게 세상을 떠나셨다. "퇴직하면 연금 받으면서 아내랑 여행 많이 다니면서 살 거야. 평생을 이곳에서 갇혀 지내듯이 일했는데… 여생은 공기 좋은 곳에서 햇볕 많이 쬐면서 자유롭게 살아야지." 이제 마음껏 여행 다니면서 살 거라던 계장님의 말씀이 생각났다. 그때 계장님의 표정은 참 행복해 보였다. 그렇게 평생을 연금 받으면서 살 거라는 계장님은 결국 여행길에 오르지 못하고 말았다. 이런저런 생각이 머릿속을 휘젓는 날이었다.

그러다 문득, 발걸음을 멈추고 주변을 둘러보았다. 계장님이 걸었던 그 발자국 위에 내 발이 포개져 있었다. 걸음을 멈추고 뒤를 돌아보니 나도 선배님들이 닦아놓으신 현장의 한 장면 속에 서 있었다. 나도 그 계장님이 가셨던 길을 매일매일 똑같이 따라 걷고 있었다. 그리고 나는 오늘도 그 길을 걸어간다. 그 끝이 어디인지는 모르겠지만.

보고 싶은 친구에게

"안녕하세요. 제 소개를 하겠습니다. 저는 현직 교도관으로 교정 시설에서 수용자들의 정신적 결함을 교정하고 선도하는…."

여러 사람 앞에서 내 소개를 마쳤다. 집과 교도소 외에는 다른 장면들이 없던 내 인생에서 오랜만에 외부인과 접촉하는 일이 생겼다. 이곳은 입구에서부터 여러 색감이 들어간 책장과 안내 포스터, 그리고 자유로운 복장을 한 사람들이 한데 있었다. 정말 오랜만에 내 몸에 스며든 콘크리트 공기가 희석되는 기분이 들었다.

남녀가 한 공간에 같이 있는 모습도 나에겐 낯설었

다. 교도소 안에서는 남자와 여자가 철저히 분리되어 있기 때문이다. 나는 그 안에서 수천 명의 수용자와 만나며 부대끼고 대화를 나눈다. 주먹구구식으로 면담을 하는 것에 한계를 느낀 나는 상담심리대학원에 진학했고, 여성가족부에서 주관하는 성폭력, 가정폭력 전문상담원 교육을 받았다. 수업은 매주 토요일에 여덟 시간씩 4개월간 진행됐다.

"교도관님… 이세요?" 내 소개를 들은 사람들이 나를 신기하게 쳐다봤다. 그동안 경찰과 소방관은 많이 봤지만 실제로 교도관은 처음 본다는 사람도 있었다. 곧이어 질문 세례가 쏟아졌다. "영화에서 나오는 게 사실이에요?", "그 사람들은 그 안에서 어떻게 지냅니까?" 어떻게 대답을 해야 할지 몰랐다. 영화보다 현실은 더 잔인하고 슬픈 사연들이 많다고 사실대로 말해야 할까. 그들이 교도소 안에서 어떻게 생활하는지 알게 되면 사람들은 분노할 것이 자명했다. 사람들의 기대와 이 안에서의 생활 풍경에는 큰 괴리감이 존재한다.

내 소개가 끝나자 옆 교육생들의 자기소개가 시작됐다. "저는 사실 가정폭력을 겪었던 경험이 있어서 같은 일을 겪은 사람들에게 힘이 되고 싶고…." 교육생들의 사연은 내 마음을 무겁게 만들었다. 그들은 장차 근무 현장에서 피해자를 만나게 될 테고, 나는 가해자들을 만나게 될 것이다.

수업이 끝나자 성폭력 피해를 경험했던 교육생이 나에게 다가왔다. "교도관님… 그 사람들은 뉴스 기사에서처럼 정말 그 안에서 편히 쉬다 출소하나요?" 차마 솔직하게 답변하지 못했다. 직접 폭력 피해를 받은 이 사람에게 교정의 목적형이니, 치료형이니, 응보형이니 하는 말들은 다 부질없었다. 그건 시스템을 운영하기 위한 이론이지, 피해자를 지원하기 위한 이론은 아니었다. "그 사람들 딴에는 분명 고통의 시간일 테고, 밖에서 보기에는 화가 나는 부분도 있겠지만 제가, 아니 저희가 그들의 반성을 끌어내고 다신 재범하지 않도록 큰 노력을 하고 있습니다. 물론 쉬운 일은 아니지만…." 원하는 답변이 아니었을 것이다.

대학원과 교육센터에서 심리에 관해 공부하다 보니 간혹 실제 범죄 피해자들을 만나곤 한다. 피해자들의 이야기를 들으며 같이 공감했고 눈물을 흘렸다. 그들의 삶은 회복이 불가능해 보였다.

더 괴로운 건 피해자들에게 돌이킬 수 없는 상처를 준 그 주범들을 만나러 다시 교도소에 들어가야 한다는 것이었다. 피해자의 이야기에 같이 흘린 눈물이 채 마르기도 전에 나는 수용자들을 마주해야 했다. 그들 중에는 물론 반성하고 용서를 구하는 사람들도 있었지만 반성하지 않는 사람들도 있었다. 후회하고 용서를 구하는 사람들은 조용히 수용 생활을 했고 인간이길 포기한 사람들은 티가 났다. 그래서 일부 파렴치가 더 내 눈에 들어왔던 게 아닐까.

한번은 내가 인솔하던 수용자의 발길질에 종아리를 다친 적이 있다. 그런데 그는 오히려 내가 자신을 폭행했다며 나를 고소했고, CCTV를 확보한 검찰은 나에겐 무혐의를, 그에겐 공무집행 방해 및 폭행으로 6개월의 실형을 선고했다. 그 일이 있고 나서 나는 교도소에서 진행하는 심리 치료 프로그램에 참여했다. 폭행을 당했거나 죽음을 눈앞에서 목격한 근무자들이 신체적, 정신적 트라우마를 호소하는 경우가 있기 때문에 근무자 대상으로 심리 치료 프로그램이 제공됐다.

"교도관님. 검사 결과가… 좀 안 좋게 나왔어요. 요즘도 힘드신가요?" 상담사가 침울한 표정으로 나를 바라보며 말했다. "그냥… 잘 모르겠어요. 다들 사는 게 쉽지 않으니깐… 근데 많이 심각한가요?" 일이니까, 나만 힘들게 사는 게 아니고 다들 힘들게 사니까, 하며 반복적인 하루하루를 견디고 있었다. "이 정도 수치면 사실 약을 처방받으셔야 해요. 실제 사고를 겪거나 범죄 피해를 보신 분들과 비슷한 수치가 나왔어요."

교정 본부 실태 조사에 따르면 교도관 4명 중 1명은 폭행, 협박에 시달려 정신질환의 고통을 겪는다고 한다. "교도관님. 마음의 문제를 사소하게 지나치시면 안 돼요. 여기 제 번호예요. 힘들면 언제든지 전화 주세요." 상담사가 건네준 명함을 멍하니 바라보다 지난 기억이 떠올랐다. 나와 서로 의지하던 친구.

우리는 교도관 공부를 같이하면서 힘든 수험 생활을 견뎌냈다. 항상 같이 밥을 먹고 도서관 주변을 걸으면서 이런저런 이야기들을 나누곤 했다. "우리 교도관 되면 막 살인자한테 명령하고 그래야 할 텐데, 우리가 할 수 있을까?" "야. 그건 일단 합격이나 하고 생각하자. 이번 모의고사 점수 알지? 엉망이야. 하하." 시간이 지나 처음 합격 소식을 들었을 때 그 친구에게 바로 전화를 걸지 못했다. 나는 그 친구의 연락을 기다렸다. "합격했지? 맞지?" "응… 합격했어…." "다행이다… 정말… 정말 다행이야…." 우린 수화기를 붙잡고 펑펑 울었다. 태어나서 그렇게 많이 운 적이 있었나 싶을 만큼 감정이 복받쳤다. 그날은 눈물을 참고 싶지도 않았다. 그동안의 설움을 단 한 순간에 보상받는 기분이었다.

시간이 지나 우린 교도관으로 임용됐고 그 친구와 나는 다른 지역에서 일하게 됐다. 그렇게 매일 붙어 다녔지만, 전국 약 50여 개의 교도소가 대한민국 전역에 분포되어 있다 보니 직접 만나기가 힘들었다. 자연스레 우린 전화와 메신저로만 소통할 수밖에 없었다.

그러던 어느 날, 오랜만에 다른 중학교 동창한테 전화가 왔다. "여보세요." "어. 오랜만이네. 요즘에 영업은 잘돼?" 그 친구는 을지로에서 조그맣게 사업체를 하나 운영 중이었다. 코로나니, 경제 불황이니 시끄러운 상황에서 사업을 잘 운영하고 있는 그 친구가 대단해 보였다. "너 얘기 못 들었어? 너 친구 있잖아··· 교도관···." "어어. 며칠 전 그 친구 생일이라서 통화했는데. 왜?" 도저히 믿기지 않는 말이 수화기 너머 들려왔다.

최근까지도 그 친구와 시시콜콜한 일 얘기, 사는 얘기, 연애 얘기들을 하곤 했다. 중간중간 친구가 요즘 일이 버겁다고 말하긴 했지만, 멍청한 나는 그저 여느 월급쟁이의 신세 한탄쯤으로 흘려들었었다. 그래서 친구의 말에 나도 일하면서 힘들었던 일을 말하기만 했다.

안타까운 선택을 하기 전에는 90퍼센트 이상이 언어, 행동 등 다양한 형태로 죽음의 징조를 보인다고 한다. 그걸 미처 몰랐다. 눈물이 멈추지 않았고 온몸이 떨려왔다. 그때는 정말 교도관이 된 것을 진심으로 후회했다. 교도소에 출근하는 것도, 이 수용자들을 보는 것도 다 진절머리가 났다. 우린 먹고살려고 교도관이 됐지만, 그 결과는 원하는 대로 되지 않았다.

교도관이 되기 위해 함께 울고 웃으며 보낸 지난 2년이 떠올랐다. 얼른 합격해서 우리 부모님께 효도하면서 사람답게 한번 살아보자고 다짐했던 그 순간들. 이 글을 쓰는 이 순간에도 눈물이 난다. 내가 심리학을 공부하고 전문 상담원 교육을 받은 일련의 과정들은 어쩌면 수용자들이 아닌 나 자신을 구원하기 위해서가 아니었을까.

친구야, 너와 같이 화훼 단지를 하염없이 걷고 싶은 밤이다. 늘 도서관 창가 쪽 책상에 놓여 있던 너의 파란색 가방과 남색 필통이 생각난다.

– 너를 그리워하는 친구가

자유에 대한 갈망, 그런 거

Mama, just killed a man

엄마, 방금 사람을 죽였어요.

Put a gun against his head

그의 머리를 향해 총을 겨눠서

Pulled my trigger, now he's dead

방아쇠를 당겼고, 그는 죽었죠.

Mama, life had just begun

엄마, 내 삶은 이제야 시작됐는데

But now I've gone and thrown it all away

하지만 내가 모든 것을 내던져 버렸어요.

– **퀸**Queen 〈**보헤미안 랩소디**Bohemian Rhapsody〉

지방 이송을 마치고 돌아오는 호송 버스 안에서 이어폰을 귀에 꽂자 퀸의 노래가 흘러나왔다. 창문 밖 야경을 바라보다 문득 며칠 전 법정에서 최후 변론을 하던 그 남자가 생각났다.

그의 인생은 이 가사와 많이 닮아 있었다. "무엇보다 엄마에게 죄송합니다. 저는 범죄자로 낙인찍혀 살아가겠죠. 이제 갓 성인이 돼서 대학도 가고 결혼도… 하고 싶은 것도 참 많았는데… 이제 다 무슨 소용인가 싶네요." 체념한 듯한 그의 목소리가 귓가에 맴돌고 있을 때 호송 버스가 교도소에 도착했다.

"뭘 그렇게 적고 있어요?" 그는 방 한구석에 쪼그려 앉아 무언가를 열심히 적고 있었다. "가사요." "무슨 가사?" "그냥… 자유에 대한 갈망, 그런 거…." 뮤지션이 꿈이라던 그는 며칠 전 마약 투약으로 적발돼 구속됐다. "내가 좀 봐도 돼요?" "아… 네… 뭐." 그는 쑥스러운 듯 머뭇거리더니 창문 밖으로 종이를 내밀었다.

죽음이 하늘에 내리깔린 밤, 나의 몸뚱이는 녹아가고

사랑하는 사람이 나를 버린 날, 나의 몸뚱이는 썩어가고

그가 쓴 가사 내용은 그다지 희망적이지 않았다. "죽음? 당신 혹시 이상한 마음 품고 있는 거 아니죠?" "아, 아니에요. 제 가사 스타일이 원래 좀 어두운 편이라."

음악을 한다는 건 어떤 느낌일까. 정말 자유로운 기분을 만끽할 수 있을까. 자유롭고 싶은 건 나도 마찬가지였다. 근무지에 혼자 있는 시간이 많고 새벽에 깨어 있는 시간이 많았다. 정신적인 공백. 그 시간에 나도 가사나 한번 써볼까. 교도관이 되고 난 이후로 한 번도 클럽이나 콘서트에 가본 적이 없었다. 왕복 두 시간인 출퇴근길에 차 안에서 노래를 들으면서 같이 흥얼거리고 때론 가사를 붙여서 불러보기도 했다. 하지만 잠깐의 일탈은 교도소 정문을 들어서면 사라졌다. 정해진 규칙대로 돌아가는 교도소 안에서는 자유분방한 선율들이 끼어들 틈이 없었다. 그렇게 나는 직장과 집 외에 다른 이슈들이 전혀 일어나지 않는 삶을 살고 있었다.

"일은 할 만해?" 오랜만에 만난 중학교 동창이 물었

다. 우린 술자리에서 살아가는 이야기를 주고받고 있었다. "그냥저냥 뭐… 다 똑같지." 아차. 심리상담사가 자기 자신을 죽이는 표현은 되도록 하지 말라고 했다. 최대한 긍정적으로. "그래도 너 교도관 되고 싶다고 맨날 교도소 나오는 드라마 정주행 하고, 영화도 교도소 영화만 봤잖아. 하하." 친구의 말에 잊고 지냈던 과거의 내 모습이 떠올랐다. 교도관이 되고 싶어서 관련 법령을 공부하고 면접 준비를 하기 위해 교도소 관련 영상들을 찾아보곤 했었다. "드라마나 영화와는 전혀 달라. 이곳은…."

영화에서처럼 수용자들의 탈출을 막는 것만이 교도관의 역할은 아니었다. 그들의 생명을 보호하기 위한 의료과, 건강한 사회 복귀를 위해 종교 집회, 서신 등 사회와의 창구가 되어주는 사회복귀과, 출정과, 분류심사과, 수용기록과 등등 교도소의 업무는 세분되어 돌아간다. 지금도 교도소에서 근무하고 있지만, 교도소 이야기를 할 때면 제일 먼저 군 복무할 때와 면접 평가를 볼 때가 떠오른다.

"너 제대하면 뭐할 거냐?" 군대에 있을 때 군대 선임이 나를 보며 물었다. 나는 논산훈련소에서 군사 훈련을 받고 '경비교도대'라는 곳으로 차출됐다. 경비교도대는 지금은 없어졌지만 교도소에서 시설 경비, 수용자 도주방지, 교도관들의 업무 보조를 도맡아 하는 부대였다. "배운 게 도둑질인데 나가서 교도관 시험이나 준비하려고요." 내 대답에 선임은 인상을 찌푸렸다. "너 자발적으로 군대에 다시 들어갈 생각이야?" 군대에 다시 들어간다라…. 남자들은 제대한 지 한참이 지나서도 술자리에서 군대 이야기를 빼놓지 않는다. 완전히 타의에 의해 고통스러웠던 기억이라 두고두고 생각나나 보다. 심지어 군대에 다시 가는 악몽이라도 꾸면 온종일 몸서리치곤 한다.

"○○번 수험생은 왜 교도관이 되려고 해요?" 필기 시험과 체력 시험을 통과하고 마지막 면접장에서 한 면접관이 나에게 물었다. "저는 군 생활을 교도소 안에서 복무했습니다. 대한민국 대부분의 남자는 군대에 다시 가는 꿈을 '악몽'이라고 말하곤 합니다. 하지만 저는 군대에 다시 가는 것이 제 꿈 그 자체입니다. 다시 교도소 정문을 들어서고 수용자들을 상담하며 그들이 이 사회로 다시 돌아갈 때 저의 역할이 빛을 발할 날을 꿈꾸면서 교도관에 지원하게 되었습니다!" 참 순수했다. 교도소 안에서 보내는 시간이 내 인생 대부분을 차지하고 있는 지금, 이 반복된 일상에 확실히 지쳐가고 있었다.

"뭘 그렇게 적고 있어요?" 동료 교도관이 휴게실에 앉아 골똘히 뭔가를 쓰고 있는 나를 보며 말했다. "가사요." "무슨 가사?" "그냥… 자유에 대한 갈망, 그런 거…." "내가 좀 봐도 돼요?" "아… 네… 뭐." 나는 쑥스러워 머뭇거리며 가사가 적힌 종이를 그에게 내밀었다.

하루 중 대부분의 시간을 그대와 함께 보내요.
어찌 보면 그대와 나는 참 많이 닮았죠.
자유로워지고 싶다는 마음.
그 마음으로 버티며 살아요.
언젠가 그날이 올 거라 희망하며-

내가 쓴 가사를 보며 그는 간신히 웃음을 참으며 물었

다. "이게 뭐예요. 랩? 발라드? 록?" "그런 건 잘 모르겠어요. 그냥 생각나는 대로 적은 거라… 하하…." 나는 자유로운 삶을 살기 위해 교도관이 되었다.

자유라는 것은 단순히 내가 일어나고 싶을 때 일어나고, 내가 입고 싶은 대로 입고 다니고, 내가 원하는 대로 말하고 행동하는 그런 일차원적인 것이 아니다. 결혼을 함으로써 언제까지 혼자 그러고 살 거냐는 질문으로부터 해방됐다. 교도관이 됨으로써 언제까지 방황하며 그러고 살 거냐는 질문으로부터 해방됐다. 내가 원하는 자유는 바로 그런 자유였다. 하지만 인간 본성이 추구하는 자유는 어찌 보면 단순히 내 시간을 보장받는 그런 종류의 자유였고, 똑같은 일상이 반복되자 나는 일차원적인 자유가 다시 그리워졌다.

"교도관님, 이 일 힘들지 않으세요?" 가사를 적던 그 마약수가 멍하니 있던 나를 보며 걱정스러운 표정으로 물었다. "출소하면 절대 다신 들어오지 마세요. 그럼 제가 좀 덜 힘들겠죠." "그래도 저는 다른 사람을 해하고 들어온 건 아니잖아요. 피해자는 저 자신이라고요." 이 사람에게 법적으로 규정하는 피해자는 따로 없었다. 자신 외에는. "자기 자신에게 해를 입히는 게 가장 큰 죄악이에요. 당신이 이 세상에 태어났을 때 부모님은 세상 전부를 다 얻은 기분이었을 거예요. 우리 더 이상 자기 자신을 해치지 맙시다." 그에게 말을 하던 나 자신을 돌아보니 어느덧 교도관으로 돌아와 있었다.

스무 살, 처음으로 교도소라는 곳을 지키며 군 복무를 하고 10여 년이 지나 다시 교도소로 돌아왔다. 이제 내 인생에 교도소라는 공간은 커다란 삶이자 또 하나의 인생이 되어버렸다.

그리고 이런 교도소에도 사람이 살고 있다. 한 가정의 가장이자 누군가의 아버지이자 어머니가, 또 누군가의 아들과 딸이. 나는 오늘도 교도소로 출근한다. 첫 출근 때 선배가 해준 말처럼 이곳은 정말 세상 끝일지도 모르겠다. 하지만 누군가는 세상 끝에 서서 낭떠러지로 떨어지려는 사람들을 받쳐주어야 한다.

그들은 다시 우리의 사회로 돌아온다. 더 이상 그들이 자신에게, 그리고 타인에게 해를 끼치고 이곳에 들어오는 일이 없도록, 나는 오늘도 세상 끝에 서서 그들을 기다린다. 인간 심연의 밑바닥 속에서 길을 잃기도 하고 눈물을 흘리기도 하지만 다시 한번 일어나 그들을 들여다본다. 그들의 가슴 깊은 곳에 있는 사람됨을 끄집어내기 위해서 어제도 오늘도, 그리고 내일도.

나는 다시 교도소에 들어가는 중입니다.

에필로그

폐방 :
교도소 문을 닫겠습니다

"형기를 다 마친 ○○○이 출소를 하루 앞두고 지역사회의 불안감이 고조되고 있습니다. 사회로 다시 돌아오는 그들, 우리 사회는 어떠한 대책을 세우고 있을까요."

방송사 로고가 적힌 마이크를 든 기자 뒤로 교도소의 외벽이 보였습니다. 끔찍한 범죄를 저지른 자들을 검거하기 위해 경찰은 프로파일러를 투입하여 범행 동기, 수법, 전후 사정을 수사했고, 결국 검거된 그들을 보며 사람들은 이제 끝났구나 하고 안도의 한숨을 쉬었습니다. 하지만 사람들은 점점 그 범죄자에게 검사가 몇 년을 구형했는지, 재판부가 몇 년을 선고했는지, 나아가 그들이 교도소 안에서 어떻게 살다가 나왔는지까지 관심을 가지고 들여다보기 시작했습니다.

한편에서는 위치추적 전자장치를 끊고 다시 파렴치한 재범을 일으키는 상황들이 벌어지자 우리 모두 분노했고, 법무부는 교정의 역할이 단순히 구금의 용도에 그치지 않도록 치료와 교화를 슬로건으로 내걸었습니다. 법무부에서 심리 치료 관련 부서를 신설하고 전문가들을 양성, 초빙하여 그들이 사회로 돌아가서 다시 재범을 저지르지 않도록 시스템을 구축해나갈 때, 저 또한 그들의 깊은 곳에 있는 인간성과 대화하기 위해 상담심리학을 공부하기 시작했습니다.

석사 과정에서 논문 주제를 무엇으로 선정할 것인가 고민에 잠긴 적이 있습니다. 그러다 곧 그들의 평소 행동, 말투, 사고방식, 식습관, 가정환경 등등 범죄자들의 모든 것을 밀착 관찰할 수 있는 사람은 바로 교도관이 아닐까 하는 생각에 다다랐습니다.

상담의 기본 전제는 무조건적인 수용, 공감, 존중입니

다. 즉 상대방의 모든 부분을 완전하게 공감하고 이해해야 합니다. 사람을 살해한 자를 완전하게 공감하고 이해한다는 것이 가능한 일일까요?

간혹 밖에서 범죄 피해자들과 만나고 나서 교도소에 돌아와 범죄 가해자들과 대화해야 할 때마다 가치관이 뒤틀리고 있음을 생생하게 느꼈습니다. 하지만 저는 강력범죄를 저지르고 들어온 수용자들에게조차 사람의 온기를 전달해줘야 합니다. 쉽게 말해 인권침해자의 인권을 보호해야 하는 상황에 놓여 있습니다.

물론 쉽지 않습니다. 하지만 온전하지 못한 가정환경에서 자라고, 보호자와의 유대가 부재했던 탓에 폭력적이고 공격적으로 변한 사람들에게 저조차 냉소할 수 없습니다. 그럼 오히려 세상을 향한 그들의 칼날은 더 날카로워질 테니까요. 그리고 그 공격성과 폭력성은 다시 우리 사회로 돌아가는 악순환이 이어질 수 있기 때문에 어떻게 해서든 이 안에서 그들이 사회의 구성원으로서 다시 살아갈 수 있도록 제 역할을 해야 합니다.

저는 이제 일과를 마치고 퇴근하려 합니다. 교도소를

나서면서 높이 솟아 있는 철문을 잠시 멈춰 서서 바라봅니다. 이 문을 들어서는 사람들과 이 문을 나서는 사람들이 있습니다. 그리고 언제나 이 안을 지키고 묵묵히 들어오고 나가는 사람들을 마주하는 사람들도 있습니다. 저도 그중 한 명입니다.

이 책의 내용은 제 개인의 시선이지, 어느 단체나 직업을 대신하는 것은 아닙니다. 그동안 쉽게 말하지 못했던 저의 이야기를 할 기회를 주신 편집자님과 모든 출판사 관계자 여러분께 감사하다는 말씀을 드립니다.

교도소로 출근하는 남편을 바라보며 항상 기도해주는 사랑하는 아내와 삶의 이유인 소중한 아이에게도 감사합니다. 아내와 내 아이가 주는 사랑 덕분에 지금까지 살아 숨쉬고 있다는 생각을 자주 합니다. 마지막으로 부모님과 형, 동생, 제 소중한 가족에게 항상 건강하길 바란다는 말을 남깁니다. 사랑합니다.

취침 점호 시작합니다. 각방 차렷!

자, 그럼 소등하겠습니다. 이 글을 읽어주신 모든 여러분, 편안한 밤 되십시오.

◇

이제 교도소 문을 닫겠습니다.

교도소에 들어가는 중입니다

2022년 1월 31일 초판 1쇄 발행
2024년 5월 27일 초판 6쇄 발행

지 은 이 | 김도영
펴 낸 이 | 서장혁
책임편집 | 장진영
디 자 인 | 지완
마 케 팅 | 최은성

펴 낸 곳 | 봄름
주　　소 | 서울특별시 마포구 양화로161 케이스퀘어 727호
T E L | 1544-5383
홈페이지 | www.bomlm.com
E-mail | edit@tomato4u.com
등　　록 | 2012.1.11.
I S B N | 979-11-90278-94-2 (03810)

봄름은 토마토출판그룹의 브랜드입니다.